ねこの湯、営業中です！
函館あやかし銭湯物語

南野雪花 Yukika Minamino

ALPHAPOLIS
WEB CITY SINCE 2000

アルファポリス文庫

https://www.alphapolis.co.jp/

プロローグ

函館空港のターミナルビルを出た瞬間、押し寄せる湿り気を帯びた熱気に立花《たちばな》みゆりは顔をしかめた。

この街を出た日からほとんど変わっていない風景と、港町独特の潮の香りが混じった空気。

「変わったのはこの暑さだけってね」

面白くもない気持ちで独りごちる。

やや明るくした肩下までの髪とごく薄い化粧が、二十五歳という年齢より幼い印象だ。

答えが返ってくるはずもない独白だったのだが、なぜか音楽的なバリトンボイスで返事がある。

「ここ何年かはとくにおかしいな。蝦夷梅雨《えぞつゆ》、なんて言葉も生まれてしまったよ」

あ、懐かしい声だなと思いながらみゆりが声の方へと身体を向ければ、黒のサマーニットとテーパードパンツというシンプルかつ大人っぽいコーデで全身をまとめた瀟洒な青年が笑いながら右手を振っていた。

篠原倖人《しのはらゆきと》。

家が近所だったこともあって子供の頃から仲が良く、親友といってよい間柄の相手だ。そして同時に、高校卒業後も付き合いのある数少ない友人である。

「空港の中で待ってれば良いのに。この暑いのに黒ずくめなんて、死んじゃわない？」

「今ついたばっかりなんだよ。準備してたら遅くなっちまった」

「準備ってなに？」

「これこれ」

倖人は背中に隠していた百円ショップに売っていそうな安っぽいホワイトボードを見せた。

そこには『歓迎、立花みゆり様』などと書かれている。

「到着ロビーでそれ持って立ってたら、スルーしてやるところだったよ……」

「スルーされて、立花みゆり様ですね！　お待ちください！　って叫びながらあとを追いかけるところまで想定してた」

「なんでそんなに嫌がらせに命をかけるの？」

「そりゃもう、少しでも気分を上げてやろうと思ってな」

「謎すぎる」

こらえきれず、みゆりは吹きだしてしまった。

倖人の子供じみた悪戯《いたずら》が楽しい。笑いはすぐに倖人にも伝播《でんぱ》する。

ほぼ三年ぶりの再会なのに、気の置けないという表現そのままに、まるで先週末に会ったばかりのような心地よさを互いに感じる。

笑いあいながら、倖人の案内で車へと向かう。

田舎町には不釣りあいなほどに格好いい、青いスポーツタイプの乗用車だ。

助手席に乗り込むと、爽やかなマリンスカッシュのカーコロンがみゆりの鼻をくすぐる。

「ほいよ。香典」

「ん。あとでお返しもってく」

気軽に渡された気軽でないものを、みゆりは気軽に受け取った。

それは彼女が数年ぶりに郷里に戻ってきた理由であり、倖人が少しでも気分を上げてやろうと画策した理由でもある。

みゆりの祖父が亡くなったのだ。

しばらく前から入院していて、そろそろ近いのではないかと両親から聞かされてはいたし、覚悟はしていたものの、それでショックがなくなるわけではない。

「通夜に行けなくてごめんって、じいさまの遺骨に詫びておいてくれ」

「うん。必ず伝えるね」

倖人の言葉に頷く。

「で、これがじいさまに捧げる一杯。代わりに干してくれ」

水筒からプラスチック製のコップに注ぐのはラストワードという名前のカクテル。最後の乾杯だ。

「これからお通夜に出る人間にお酒すすめる?」

「モクテルだよ。ノンアルだ」

「まあ、ノンアルコールなら」

気遣いの仕方がいちいち格好いいんだよな、などと埒《らち》もないことを考えながら、少しだけ笑って受け取った。

モクテルというのはモックカクテルの略で、カクテルを真似て作られるノンアルコールドリンクだ。倖人が生家である神社の敷地内でバーを営んでおり、だから通夜には参列できないことをみゆりは知っている。

「じゃあ、ありがたく」

軽く頭を下げ、くいとみゆりが淡く緑がかった白いモクテルを飲み干す。

草原を吹き渡る風のように爽やかな香りが喉を流れていく。

あるいは祖父との思い出と一緒に。

ささやかな鎮魂の儀式を終えて走り出した車は産業道路へと入る。

温泉ホテルが立ち並ぶ観光道路という雰囲気だった景色が、一気に日常の賑わいへと変化した。視界に入るものはスーパーやドラッグストア、コンビニなど、生活に密着した施設が多くなる。

ここからは観光客に見せるための函館ではなく、市民の生活の場としての函館だ。

「……大丈夫か。立花」

「平気、とはお世辞にもいえないけどね」

肉親を喪うのは初めてではない。数年前にも祖母を見送っている。しかし、何度経験しても慣れることがないし、楽しみに変わることもない行事だ。

笑顔で送ってあげるという境地に至れる日がくるのだろうかと、ふと考えてしまう。

やがて車は美原《みはら》を抜け、昭和《しょうわ》へと入る。

車内は静かなまま、ロードノイズだけが響いていた。

親友の気分を少しでも軽くしようといろいろ画策した様子の倖人だったが、さすがにもうネタ切れのようだった。

「まっすぐ『昭和湯』に向かう？」

だからだろうか、口にしたのは実務的なことだった。

「自宅の方にお願い。たぶんむこうはごちゃついてると思うし」

「了解」

市民の台所ともいえる大型ショッピングモールの手前で、倖人はハンドルを左に切った。

大きな通りから一本入れば、ますます人々が生活する息吹が強くなる。

『昭和湯』とは、みゆりの祖父である立花季太郎《すえたろう》が営んでいた銭湯だ。

古き良き時代の風情を残す、天井の高い大きな平屋建てで、童謡に歌われるような長い煙突がある昔ながらのお風呂屋さんである。

ただ、季太郎が体調を崩してからはずっと休業している。

おそらくは葬儀の後におこなわれるであろう親族会議では、この『昭和湯』をどうするかというのが最大の争点になるはずだ。

「飯でも食おう。立花がこっちにいるうちに」

「うん。明日にでも連絡入れる」

昭和の隣、富岡《とみおか》町にある自宅まで送ってもらったみゆりは、再会を約束して倖人と別れた。

慶弔の休暇に有給休暇を合わせ、四日ほどは函館に滞在するつもりだ。近所に住む旧友と食事に行く時間くらいはあるだろう。

合鍵で玄関の錠を外し、数年ぶりとなる生家に足を踏み入れる。

ちりん、と、どこかで鈴の音が聞こえた気がして、みゆりは右手で胸を押さえた。

三和土に立ちすくむ。

みゆりがあまり帰省しない理由のひとつは、ずっと暮らしてきた愛猫を看取ったのがこの家だからだ。

どうしようもなく思い出してしまうから。

みゆりの腕の中で、しずかな眠りについたその姿を。

いまはもうどこにもいない、最高の相棒のことを。

「さくら……」

思わず名前を呼んでしまう。

応えるものなどいないはずなのに。

視界の隅を猫が横切ったような気がしてしまう。

もう、どこにもいないのに。

「え？」

いや、でも本当に今、何かが横切らなかっただろうか？

きょろきょろと家の中を見渡す。

廊下の奥、階段の踊り場、扉の影。

見慣れた光景なのに違和感がある。

これはなんだ?

「また会えたわね。みゅり」

声が聞こえた。

いつからいるのか、いま現れたのか、目の前に猫が座っている。

新雪のような純白の毛並み。静謐《せいひつ》をたたえた泉のような青い瞳。すらりとした気品溢れる肢体と愛くるしい大きな耳。

二度と会えるはずがない愛猫に生き写しだ。

しかし、目の前にいるのは、たぶん猫ではない。

尻尾が二本ある猫も、人間の言葉を話す猫も、きっとこの世界には存在していないだろうから。

ぺたんとみゆりが尻餅をつく。

まるで酸欠を起こした金魚のように、口をぱくぱくと開閉しながら。

第一章　銭湯、もらいました

葬儀は滞りなく終了した。

基本的にこういうことは手順が決まっており、プロフェッショナルである葬儀会社がとりしきるため、トラブルが起きるほうが稀である。

むしろ立花家の場合は通夜の会場である菩提寺《ぼだいじ》から『昭和湯』に戻ってからのほうが問題だった。

季太郎が遺した銭湯をどうするかで、親戚一同が角を突きあわせることになったからである。

銭湯といえば消えゆく産業の代表格といってもいい。

みゆりの父も、その姉弟たちも、だからこそ跡を継がなかった。いまさらのようにどうするかと訊かれても結論はひとつしか出しようがない。

廃業して取り壊す、と。

しかしゴールが判っているからといって、そこまでまっすぐには走れないのが人間というもの。

母屋と銭湯の解体には相応の金がかかる。

廃業のための諸手続きも煩雑である。

それを嫌がって、季太郎の四名の息子と娘たちが心温まる押しつけあいを演じることとなった。

最も公平で、かつ負担が少ないのは平等に金を出し合うことなのだが、そういう安直な結論はお気に召さないらしい。

自分の家は経済的なゆとりがないから、『昭和湯』は他の三家で始末をつけてほしいというのが、四家すべての主張である。

社交辞令の美辞麗句《びじれいく》を引き剥がせば、言っている内容は全員同じというのに呆れるを通り越して笑ってしまう。

「困ったね。おじいちゃん」

内心で呟き、みゆりは祭壇の最上部に鎮座する祖父の遺骨に視線を向ける。

通夜が終わったばかりなのにすでに火葬が済んでいるのは、函館一帯の風習だ。葬儀の手順として、仮通夜、火葬、通夜、告別式なのである。

火葬が最後でないため、遠方から参列した人が遺体と対面できずに憤慨した、などという話も伝わっているほどだ。

みゆりも対面したのは骨箱だけである。

「よし。今度こそ」

白熱するだけで一向に煮詰まらない会議へと視線を戻した。

さきほどから、何度も突撃しては跳ね返されているのである。

叔父も伯母も、みゆりのような小娘の話などに貸す耳は持っていないようで、口を開くたびに、お前は黙っていろと封じられたり、誰かがかぶせて発言したりで、まったく喋ることができていないのだ。

自分よりはるかに年長の親戚たちに一喝され、幾度も口をもつれさせて黙り込んではいるものの、みゆりとしてはこの部屋を出るつもりはない。

どうしても通さなければならない主張があるのだ。

ともあれ親戚たちの議論は、互いに相手が根負けするのを待っているだけなので、そもそも折衷案が出るはずもない。かといって、いない間に勝手に決められてはたまらないから、後は任せたと席を立つこともできない。

いささか滑稽さを含みつつも深刻な自縄自縛《じじょうじばく》に陥っている。

皆が喋り疲れ、不毛な押しつけあいに辟易《へきえき》して黙り込むエアポケットのような時間。

そこを突いてみゆりが右手を挙げた。

「あ、あの！　私が『昭和湯』を継ぎたいんだけど！」

親戚たちの視線が集中する。

黒い紙を置いたら発火してしまうのではないか、と思うくらい全員の焦点があっている。その熱い視線に込められているのは驚きと期待だ。

結局のところ全員が嫌になっていたのである。自分が損をかぶらないなら結論はなんでも良いという心境だったのだろう。

みゆりの継承宣言から、わずか十分ほどで親戚たちは宿泊先のホテルへと帰っていった。

頑張ってね、とか、応援してるぞ、とか、お祖父さんも喜んでいる、とか、形だけの激励を残して。

重い荷物を下ろせてすっきり、という表情だった。

しかし、みゆりの両親は、すっきりとは正反対である。

「いったいなに考えているんだ。みゆり」

父親など、苦虫を十匹ほどもまとめて噛み潰したような顔をしている。

『昭和湯』の広い母屋に残されたのは、両親とみゆり、そしてみゆりの弟の四名だけ。一気に閑散としてしまった印象で、祭壇の上の骨箱も心なしか寂しそうに見える。

「言った通りだよ。お父さん。私が『昭和湯』を継ぐ。それで八方丸く収まるじゃない」

「なんで突然そんな話になるのか、ということを訊いてんだけどな」

みゆりは二十五歳だ。若輩とはいえ成人に達した大人である。子供の言うことだから、では済まされない。

親戚たちに対して言質《げんち》を与えた格好であり、父親としては味方に背後から撃たれたようなものだ。

これでみゆりをよくやったと褒めるようなら、そもそも押しつけあいになどならないだろう。

「おじいちゃんの銭湯を、どうしてもなくしたくないの。このまま廃業なんて嫌だよ」

父の渋面を視界の正面にいれ、みゆりは言いつのる。

「どうしてそこまで……。お前が親父に懐いていたのは知ってるけど、東京の仕事はどうするつもりだ？」

「辞めるよ」

きっぱりと宣言する。

両親は思わず顔を見合わせた。

夢を抱いて上京したはずのみゆりにいったい何があったのか、と。

「私が函館に戻って、おじいちゃんの銭湯を継ぐ」

みゆりは下腹のあたりにぐっと力を込めた。

なぜならば、それがさくらの願いだからである。

◇

立花家の愛猫であるさくらは、もともとは保護猫だった。

函館の隣町、鹿部《しかべ》町に住む老夫婦が痩せ細って軒下で鳴いているところを保護したのである。

それが縁あって立花家に引き取られることになった。

雪のような純白の毛並みと宝石もかくやという青い瞳の美しさに、家族は一瞬で恋に落ちた。人間と猫、どちらが主人か判らないといわれるのが猫好きというものだが、立花家もまた例外ではない。

野良出身ゆえ、家にきたばかりの頃はなかなか懐かず、威嚇《いかく》を繰り返していた。父親など、猫ひっかき病で二度も病院送りにされたほどである。

当の父親は怒りもせず、「元気で大変よろしい」とむしろ褒めていたが。

とにかく、家族の中心にはいつだってさくらがいた。

とくにみゆりにとっては妹であり姉であり親友であり恋人のような存在だった。

些細なことで友人とケンカし、後悔にさいなまれた夜にはずっとそばにいてくれた。

成績が振るわず両親に叱られたときは、仲裁するように間に座って和ませてくれた。少し学校で孤立したときにも、自分は絶対に味方だとでもいうように膝の上で寝てくれた。

しかし、どうしようもなく別れはやってくる。

みゆりが高校二年生のときだ。さくらは眠るように息を引き取った。

推定年齢は十四歳。猫としてはそう短い生ではない。

だからといって納得できるものではなく、みゆりは何日か学校を休み、食事も喉を通らなかった。

いっそ妖怪にでも怪物にでもなって、ずっとずっとそばにいてほしいと無理な願いを抱いたほどである。

「みゆりがそう望んでくれたから、さくは戻ってくることができたの。猫又になって」

そういって笑ったさくらが、二本の尻尾をゆらゆらと揺らす。

「さくら可愛い……」

「さくは可愛いのではなく麗《うるわ》しいの。昔からそう言ってるでしょ」

「すみません。当時は猫語が判らなかったもので」

「今だって判ってないじゃない。さくが日本語を喋ってるのよ」

呆れたように笑って、腰を抜かしたように玄関に座り込んでいるみゆりに、さくらがくいくいと手招きした。

キャリーケースを放り出して尻餅をつくという情けない格好に気づいたみゆりが、わずかに頬を染めながら先導するさくらにしたがって居間へと入る。

他人に見られていないとはいえ、葬儀前に醜態を晒しすぎだ。

ぽりぽりと左手で頭を掻く。

狐につままれたようななんとも不思議な気分だ。いや、狐ではなく猫か。

「死んだものがあやかしとなって蘇るというのは、数は少ないけれどまったくない話ではないのよ」

ぽんとソファに飛び乗り、さくらが解説を始める。

「そういうものなの？」

だとしたら日本はあやかしだらけになってしまうのではないか、と、みゆりは首をかしげた。

「数は少ないって言ったでしょ。相変わらずちゃんと聴いてないわね。みゅりは」

そして呆れられる。

不意にみゆりの視界が歪んだ。

ぽろぽろと涙がこぼれる。

昔から、こういうやりとりをしていたのだ。もちろん言葉は通じていなかったけれども。

みゆりの言葉にさくらが呆れたような顔をする。

そんな関係だった。

愛猫と再会したのだと、やっと実感する。

ととと、と、近づいてきたさくらが涙を舐め取ってくれた。

「ただいま。八年もかかってしまったわ。お待たせしてごめんね。みゅり」

舌足らずのさくらは、みゆりと呼ぼうとすると〝みゅり〟になってしまうらしい。

「会いたかった。会いたかったの。さくら」

ぎゅっと白い身体を抱きしめた。

「いい女は、簡単に涙を見せたりしないものよ」

涙を舐め取ったさくらが、お姉さん風を吹かせて微笑してみせる。

しかしその青い瞳には、いまにも溢れそうなくらいに涙が溜まっていた。

「格好つけのくせに泣き虫なのは、さくらだって変わってないじゃない」

そう言って、泣き笑いの表情を浮かべるみゆりだった。

「じつはみゅりにお願いがあるの」

涙の再会の後、さくらが口を開いた。

「大丈夫。私にどんと任せて」

そしてみゆりは即座に了承する。

胸を叩いてみせるみゆりに、さくらがふにゃっと気の抜けた顔をした。

呆れたというより、ずっこけてしまった感じである。

「さくらのためだったら、心臓でも肝臓でも売ってみせるよ」

「怖いから。重いから。あと心臓なくなったら死んじゃうから」

漫才のようなやりとりにくすりと笑ったあと、さくらが本題を切り出す。

「おじいちゃんの銭湯をなくさないでほしいのよ」

「へ？」

予想の外側にあったお願いに、思わずみゆりは間抜けな声を出す。

さくらと『昭和湯』との間には繋がりがない。

そもそも祖父の季太郎との面識だってないはずである。

「単刀直入に言うとね。みゅりに『昭和湯霊泉』の守り手になってほしいの」

「霊泉？」

昭和湯霊泉なんて聞いたこともない。昭和湯は水道水を沸かしているだけの普通の銭湯だ。いわゆる温泉ですらないのである。

「さくたちあやかしにとって気持ちのいい場所、という解釈で問題ないわ。ざっくりと」

「本当にざっくりだよ！　びっくりだよ！」

いくらなんでも説明をはしょりすぎだろう。

「きちんと説明すると長くなっちゃうんだけど」

そう言い置いて、さくらはてしてしと後ろ足で頭を掻いた。

霊泉というのは、人間でいうところのパワースポットで、あやかしたちはそこからエネルギーを得ているのだという。

風呂に浸かって気持ちがいいというのは、人間でもあやかしでも神様でも変わらないらしいとみゆりは解釈しておく。けっこうふんわりとした理解度だ。

「えらく庶民的な話ね」

「でも判りやすいでしょ？　で、『昭和湯霊泉』ってのは銭湯が霊泉っていう日本で唯一《ゆいいつ》の場所なのよ」

消滅させてしまうのはもったいないし、霊泉から霊力を得ないと存在が保てなくて消えてしまうあやかしもいるのだと締めくくる。

「あれ？　『昭和湯』って三年くらい休業してるよ？　おじいちゃん入院してたし」

「ええ。かなりまずい状況だといっていいわね。実際、消えかかってるあやかしもいるわ」

「なるほど……」

「ちなみに、さくも消滅するわよ。完全に霊泉がなくなってしまったら」

怖ろしいことを言うから、みゆりはぎょっと目を剥いた。

猫又は猫のあやかしなので風呂に浸かるということはないが、霊泉の近くに行って霊力を吸収しなくてはいけないのだという。

「もちろん、いますぐって話じゃないわ。さくは生まれたばかりだから充分に霊力を蓄えているし」

あやかしというのは誰かの願いや、共通認識などから生まれてくるのだとさくらが解説を始めるが、みゆりはまったく聞いていなかった。

「そういう問題じゃないでしょ」

思わずぐっとさくらに顔を近づけてしまう。

お願い、などという可愛らしい次元の話ではなく死活問題だ。

もとより聞き流すつもりはないが、絶対に見過ごすことはできない。

せっかく戻ってきてくれたさくらが消滅するなど、あってはならない事態だ。何を置いても阻止しなくてはならないのである。

「さくらと一緒にいるためなら私はなんでもやる。それが『昭和湯』の存続だというなら、喜んで引き受けるよ」

白い毛並みを一撫でして、みゆりは宣言した。

そのために必要なのが、まずは周囲の人々の説得だった。

みゆりの継承宣言によって、親戚たちはあっさりと相続権を放棄した。後で相続放棄の書類に署名と捺印をもらえば完了である。

問題は父親だ。

相続の関係上、父が『昭和湯』に関するすべてを相続することに決まったが、それを喜んでいる様子はまったくない。

むしろ娘の暴走に面食らっているようだ。

「お前、東京でなんかあったのか？　失恋でもして自棄《やけ》になっているんじゃないのか？」

「恋人なんて、人生で一度もいたことがありません」

「一度もって……いや、べつに良いけどな」

はっきりと言い切ったみゆりに父親がため息を吐く。年頃の娘としてそれは寂しすぎると思ったのだろう。

「べつに東京の仕事で悪いことがあったわけじゃないよ。良いことがあったわけでもないけど」

「嫌なことがあったわけでもないのに、そんでも仕事を辞めて戻ってくるってか？　『昭和湯』に対して、みゆりはそったらに思い入れがあったか？」

「……うん」

一拍の沈黙を挟む。

大切なのは『昭和湯』ではなくさくらだ、と、まさか言うわけにはいかない。

その沈黙の意味を、父は少しだけ誤解したらしい。

やはり東京で仕事を辞めて郷里に逃げ帰りたくなるような出来事があったのだろう。だから銭湯を継ぐなどと突飛なことを言い出したのだ、とでもいうような表情が父の顔をよぎった。

正面切って訊ねても、みゆりの口に見えないかんぬきをかけるだけだと思ったのだろう、口にしたのは別のことだ。

「まあ、やってみればいいっしょ」

「へ？」

さきほどまでとは違う暖かな父のまなざしに、今度はみゆりが面食らった。

強硬に反対されるものだろうと思っていたし、最悪、大げんかをしてでも奪い取ろうと決めていた。

「でもな、銭湯の経営ってのはお前が考えてるよりずっと厳しいんだぞ。俺はガキの頃から親父を見てきたからよく知ってんだ」

「うん。覚悟はしてるつもりだよ」

「したらやってみ。なんでも経験だからな。ただ、いつまでも無制限にってわけにはいかないぞ。一年で軌道に乗せてみれ。具体的には黒字で終わるってことだな」

「一年……」

「できなかったら『昭和湯』は取り壊して更地に戻す。んで、お前は函館で仕事に就けばいいべさ。口きいてやっから」

「ちょっと条件厳しくない？　お父さん」

「お前はむかしっからケツに火がつかねえと本気を出さないからなあ」

笑いながら父親が言う。

ぐう、と、みゆりは黙り込んだ。

昔のことを持ち出されては分が悪い。

ともあれ、『昭和湯』を手に入れるという目的は達することができた。

しかし、それは新たなミッションの幕開けも意味する。

斜陽《しゃよう》産業である銭湯を、一年後黒字決算でメるという、なかなかにインポッシブルなミッションだ。

そしてみゆりは会社を辞めて函館に戻る。七年ぶりの、一時的ではない帰郷だった。

◇

さくらによると、霊泉というのは日本各地にあるという。

形状もさまざまで、たとえば『道後《どうご》霊泉』などは温泉が霊泉になっているし、『富士五湖霊泉』は湖が霊泉だ。

遠野《とおの》では土地そのものが霊泉としての機能を持っている。

その中にあって『昭和湯霊泉』は唯一無二の人工的に作られた霊泉だった。

そんな昭和湯を潰してしまうのは日本全体の損失になる。なぜなら、立花季太郎がどのようにして人工霊泉を作り上げたかというノウハウも伝わっていないから。

これを維持し次代に伝えなくてはいけないのだとさくらは話した。

「ごめんね。東京の生活を捨てさせてしまって」

話し終えたさくらが申し訳なさそうに頭を下げた。

「いまさらそんなこと気にしなくていいよ」

デッキブラシで浴室の床をゴシゴシ掃除しながらみゆりが笑う。

もう一度さくらを失うなど耐えられない。今度こそ本当に心が壊れてしまうだろう。

「もちろん、未練がないって言ったら嘘になるけどさ」

東京にはなんでもあった。

比較してしまったら、函館など何もないと評したほうがしっくりくるほどだ。

もちろんそれは、函館という都市に魅力がないという意味ではない。

景色は良いし、土地も広いし、ガイドブックに記載されるような観光スポットだっていくつもある。

函館山からの夜景は、タイヤメーカーが発行している有名なガイドブックで三つ星を獲得しているほどだ。

金と時間をかけて出向く価値がある、という最高評価である。

しかし、それこそがこの街が暮らす場所ではなく観光地であるという、なによりの証明だろう。

生活をするという部分に絞って話をすれば、職業選択の幅、教育機関や医療機関の充実度、福祉施設の数や公共サービスの質、どれを取っても函館は東京に遠く及ばない。

それでもみゆりは東京の生活を捨てた。

「さくらと一緒に暮らせるなら、私は東京なんて簡単に捨てられるよ」

「みゅりって微妙に重い女ね」

「誰かに取られるくらいなら、さくらを殺して私も死ぬ！」

「それは重いを通り越してサイコパスよ」

やや重くなりそうな話題を冗談で紛らわし、みゆりは風呂掃除を続ける。

みゆりどころか、父が生まれるはるか前からある『昭和湯』の建物は、築百年に届こうかという老兵だ。

もともと祖父の季太郎が創業したのではなく、誰かから譲り受けたらしいということを、先日父から聞かされている。

しかし、古い建物なのに汚らしいや、怖いなどといった感想を抱いたことは、子供の頃から一度もなかった。

色あせた紺色の暖簾も、昔ながらのタイル張りの浴室の床も、男女ひとつずつしかない浴槽も、固定式のシャワーがついた洗い場がずらりと並んでいる様子や、壁に描かれた函館山だって、いつもみゆりの心を温かくしてくれた。

それは、祖父が真剣に、愛情をもってこの銭湯を手入れしていたからなのだろう。

おそらく入院するその直前まで。

無骨で不器用だが、けっして仕事に手を抜かない季太郎の為人《ひととなり》が、そのまま現れたような場所だった。

だからみゆりの思い出の中にある『昭和湯』は、いつもぴかぴかに清潔で良い匂いのする最高にくつろげる場所だった。あやかしや神様にとってもくつろげる場所だというのも充分に納得できる。

　ふと、ブラシを動かすみゆりの手が止まった。

　高校の頃まで、みゆりは優秀な生徒だった。地元で一番の進学校に通っていたし、成績の順位は学年一桁より下がったことなど一度もなかった。

　神童といえば褒めすぎだが、両親も彼女の将来に期待してくれていた。

　だから札幌ではなく東京を進学先に選んだのだ。

　しかし東京の大学には、みゆり程度の優秀さを持った学生などいくらでもいて、自分が井の中の蛙だったことを思い知らされた。

　首席からはほど遠い平凡な成績で卒業し、就職先は小さなイベント企画会社だった。第一志望の会社ではなかったが、それでも就職浪人するよりはマシとの思いで入社した。

　そして朝早くから夜遅くまで働く。

　ブラック企業というわけではないけれど、小さな会社というのは往々にして社員一人一人の負担が大きい。

　もともとやりたかった広告デザインの仕事など、ほとんどできないまま雑用に追いまくられる日々。

　そんな中でもめきめきと頭角を現し、もっと華やかな会社へと移っていく同期や後輩。

結局のところ、みゆりにはそこまでの能力はなかったのだ。

十人並み、十把《じっぱ》一絡《ひとから》げ、一山いくらで売っているような、表現はいろいろあるが、ようするにみゆりに突出した才能などは何もなかった。

であれば一生懸命さや真面目さでアピールするしかない。

誰よりも早く出勤し、誰よりも多くの仕事をこなす。

そんな生活が三年。

いつしか、自分でも気づかないうちに疲れ果てていた。

退職するのも時間の問題だったかもしれない。

そのタイミングで登場したのがさくらだった。

自分はさくらの願いを口実にして逃げたのだろうか、と、そんなことまで考えてしまう。

「どうしたの？　みゅり」

床からさくらが見上げている。

やや心配そうな顔だ。

「なんでもないよ」

世界で一番説得力のない言葉を吐いて、みゆりはふたたびブラシを動かし始める。

その姿を、さくらは青い瞳に優しげな光を浮かべて見つめていた。

猫又となったさくらが、どうしてみゆりを頼ったのか。

程度の差こそあれ、立花家の人々は誰しもさくらを愛しているのだから、父親でも母親でも、いっそ弟でも良かったのである。

しかしさくらは、みゆりに白羽の矢を立てた。

このままでは、彼女の大切な妹は焼き切れてしまうと思ったから。

もちろんその思いにみゆりは気づいていないし、さくらも口にするつもりはない。

「つらくなったら、いつでもいうのよ」

そういって、みゆりのふくらはぎをぽんと叩いただけだった。

「……ありがと」

一拍の沈黙を挿入し、みゆりは小さく礼を述べた。

それから、気持ちを切り替えるように勢いよく水道のコックを捻る。

「さあ！　今日から再オープンだよ！」

景気の良い音を立てて、水が浴槽に溜まってゆく。

「にゃ⁉　水がはねるでしょ！」

驚いたさくらは、慌てて脱衣所へと逃げていった。

あやかしになっても猫は猫。

水は苦手なのである。

◇

しかし、残念ながらみゆりの入れた気合いは空回りしてしまった。

客がこないのである。

けっして立地が悪いわけではない。

『昭和湯』のある函館市の昭和一丁目界隈《かいわい》というのは昔からの住宅地であり、大型のショッピングモールや高校なども近くに存在している。

函館の中でも、比較的人口の多い地域なのだ。

ちなみにその高校というのが函館商業高校。通称、『函商《かんしょう》』で、ご当地出身ロックバンドのボーカルの出身校としても有名である。

高校があるから、部活帰りの学生などが汗を流しにくるのではないかと期待していたのだが、期待は半グラムも達成されることはなかった。

考えてみれば、いまどき部活帰りに銭湯に入りたがる高校生などいるはずがない。ちょっと客層の統計をインターネットで調べればわかる話で、自分でも驚くほどの見通しの甘さである。

五百円玉を手渡された場合を想定して番台の中に積んだ釣り銭用の五十円玉のタワーが、ただただむなしい。

『昭和湯』の入浴料は四百五十円。

というのも、各自治体によって銭湯の料金というのは決まっていて、北海道の場合は四百五十円が上限なのだ。これは公衆浴場法という法律に基づいてのこと。

健康ランドやスーパー銭湯なら入場料だけで千円以上するところもあるから、客単価で比較すると普通の銭湯の方がはるかに不利だ。

しかし、水道代がほとんどかからなかったり、固定資産税も三分の二が免除されていたり、一般公衆浴場はかなり保護されている。

絶滅の危機にある銭湯を救うために、国も地方自治体もかなり力を注いでいるのだ。にもかかわらず、減少に歯止めはかかってない。

一九九〇年には全国に一万以上あった銭湯は、二〇一七年には四千軒を割り込んでしまった。完全な絶滅危惧種《レッドデータ》といえるだろう。

「そりゃあ、たたみたくもなるよね……」

閑散としたロビーを眺め、みゆりはため息をついた。

季太郎が経営していた頃は黒字だったというが、とても信じられない。どうやって利益を上げていたのだろう。

銭湯が利益を出すために必要な一日の客数は百二十人といわれている。

具体的な売上額としては五万三千円ほどだ。

『昭和湯』は、その百二十人まで遠く及ばない。

暖簾を出すと同時に、古くからの常連であるご老体が十人ばかり入ってくれた。ただそれだけだ。

そこからは、ぽつりぽつりと流しの客がくる程度。

「昭和湯さんが亡くなったから、ここもたたんでしまうのかと思ったわ。お孫さんが継いでくれるなんて。昭和湯さんも喜んでるわね」

などと、近所のおばあちゃんから嬉しい言葉もかけられたりもしたが、嬉しいだけでは売上は伸びない。

いっそ賽銭箱でも置いて、『昭和湯』存続にご協力をとでも書いておこうか。

「暇すぎて思考がおかしなことになってるわよ。みゅり」

番台の上に置かれた小さな座布団にちょこんと鎮座したさくらが、呆れたような声で言った。

「そうだけどさ……」

情けない顔をさくらに向けるみゆりである。

利益の出る百二十人どころか、開店してから五時間を経過して、客の総数はいまだ四十人に届いていない。

このままでは、閉店までの残り二時間であと二十人ほども入ればせいぜいというところだろう。さすがのさくらもため息をつく。

「これが銭湯の現実だったのね。霊泉の力も全然あがっていないわ」

霊泉の力というのは、本来は地球そのものが持っているエネルギーだ。

その噴き出し口が霊泉なのである。

このエネルギーを浴びたり取り入れたりすることで、神やあやかしは力を得ている。

ただ、地球の生命活動というのは自然現象だから、基本的にコントロールすることはできない。

霊泉も同じで、あちこちに開いたり閉じたりするし、強弱もある。

『昭和湯霊泉』の場合は天然の霊泉とは異なっていて、霊泉の力は訪れる客の数とその満足度に比例する。簡単にいうと、たくさんの人がきてリラックスしてくれれば、それだけ霊力が上がるのだ。

どうやって満足度を霊力に変換しているのかはみゆりにもさくらにも判らないが、そういうシステムが構築されているらしい。

つまり、人為的にコントロールし、安定させることが可能な唯一無二の霊泉なのだ。

しかし現状、客数はまったく伸びず、霊力も全然上がらない。霊力が上がらないから、当然、神様やあやかしが訪れることもない。これでは霊泉でも何でもなく、本当にただの流行らない銭湯である。

「さくらって、なんか人を招く神通力とか使えないの？」

「さくは猫又よ。招き猫じゃないわ」

身も蓋もないことを言って、さくらが後ろ足で頭を掻いた。

ふうとみゆりがため息を吐く。

と、そのとき、暖簾をくぐって客が入ってきた。

みゆりのため息に文句を言ってやろうとしていたさくらだったが、すました顔で猫座りになり、普通の猫のフリをする。

入ってきたのはずいぶんと疲れきった感じに見える女性客だった。

年の頃ならば三十代の前半。おそらくはすごく美人なのだが、身にまとった倦怠感《けんたいかん》ですべてが台無しになっている。

無言のまま小銭をみゆりに手渡し、すーっと中に入ってしまう。

なんだか奇妙な雰囲気に、礼を言いつつもみゆりが首をかしげた。

「ミントゥチよ」

じっと後ろ姿を見送ったさくらが、聞き慣れない言葉を口にする。

「ミントゥチ？」

「アイヌのあやかしで、和人のあやかしに当てはめると河童あたりが近いといえなくもないわね」

首をかしげたままの解説だ。

ミントゥチというのはアイヌ伝承にある妖怪で、豊漁や幸運や慈雨を司る。

若者に化けて婿入りして、その家に富貴をもたらしたりもする。

しかし、機嫌を損ねると出て行ってしまい、とたんに家は没落するのだ。

「それならむしろ座敷童《ざしきわらし》のほうが近いんじゃない？　富貴《ふうき》をもたらすとか」

「座敷童は地妖《ちよう》よ。水妖《すいよう》のミントゥチとは成り立ちがまったく違うから、同一視はできないの」

地妖は大地の力を根源とし、水妖は水の力を根源としている。あやかしとひとくくりにするのは、かなり乱暴な分類なのだそうだ。

「サメは魚類でシャチは哺乳類。全然違うわよね。それを、どっちも海に棲んでて獰《どう》猛《もう》なんだから一緒でしょってカテゴライズはおかしいわよね。あやかしを能力で同一視するのもそれと同じくらい危険なことなの」

「なるほど……」

あやかしにとって、成り立ちというものはそれほど重要なのだろう。

「それにまあ、河童というのはあくまでもイメージよ。どうしても、かなりふわっとした解釈になってしまうのよ」

アイヌと和人ではあやかしや神様に対する考え方がかなり違うため、完全にこういうのに似ていると当てはめることはできない、とさくらは続ける。

「カムイ。つまりアイヌ語の神って言葉には、おそろしいものって意味もあるし」

「そうなの？」

「ええ」

アイヌの神話においては、完全に善なる神というものは存在しない。

基本的に良いことと悪いことの両方を司るのだ。

さらに神様とあやかしの境界も非常に曖昧で、有名なコロポックルなどはイメージ的にあやかしに近いが、立ち位置としては神の眷属《けんぞく》にあたる。

「それにしても、あやかしのお客さん第一号だね。いまさらだけどちょっと不思議な気分」

人間とあやかしが裸になってお風呂に浸かるというのは、考えてみるとなかなかシュールな光景だ。

「それこそが仙湯《せんとう》というものよ」

みゆりの手のひらに、さくらが爪で字を書く。

仙の湯と書いて仙湯。

人間が温泉も銭湯も家風呂もまとめてお風呂と呼ぶように、あやかしは霊力回復が目的で浸かる温かい霊泉のことを仙湯と呼ぶという。

べつに霊泉と仙湯に明確な違いはないのだと、みゆりは説明を受けた。

「ちなみに神隠しにあって名前を奪われた女の子が働かされてたのも仙湯ね」

「あれはフィクションでしょ。一応」

ともあれ、アイヌのあやかしだろうと異国の神様だろうと癒やすのが仙湯の役目だ。森の中にある泉のように、どんな動物も争ったりせずに水を飲むのと同じである。

「けれど、ここはもう仙湯ではなくなってしまったようですね……」

「うわぁっ！」

ぬっと現れた先ほどのミントゥチがいきなりさくらとの会話に割り込んできたため、みゆりは驚いて番台の上に立ち上がってしまった。

酸欠の金魚のように口をぱくぱくさせて、ミントゥチと壁掛け時計を交互に指さす。入ってからほとんど時間が経過していない、という類のことを言いたいのだが、驚きのあまり言葉が出てこない。

「ちょっと待って。ミントゥチ。仙湯じゃないとはどういう意味？」

相棒の動揺に付き合わず、さくらが真剣な顔で問いかけた。

「いいんです……あしはもう消滅を待つのみです……」

しかし質問に答えることもなく、彼女はがっくりと肩を落としてとぼとぼと『昭和湯』を出てゆく。

そのまま消えてしまいそうな後ろ姿だった。

ここはもう仙湯ではない。

消滅を待つのみ。

ミントゥチの発した言葉が、澱《おり》のようにみゆりの肩にのしかかる。

なんともいえない感覚だ。

後悔とも寂寥感《せきりょうかん》とも違う、絶対に好きにはなれそうもない感覚である。

軽く首を振ってよく判らない気分を追い出した。

「あしだなんて、変わった一人称代名詞だったね。ギャル系なのかな?」

自分のことをあーしとか呼ぶ若い子もいるし、などと、笑ってさくらに話しかける。

「気を遣ってどうでも良い話題を振らなくてもいいわよ。みゆり。どうやら事態はかなり深刻みたいね」

ちらりとみゆりの方へと向けたさくらの顔は、りりしいまでに真剣そのものだった。

「あのミントゥチ、存在がなくなりかかっているわ」

青い瞳に憂慮《ゆうりょ》をたたえ、さくらがぺたんと猫座りした。

白い身体から生えた尻尾が揺れる。

まるで彼女の思考の軌跡をなぞるように。

「まずいわね。正直、新しい守り手ができたら、それだけで『昭和湯霊泉』は機能すると思ってた。さくの見込みが甘すぎたみたい」

「存在がなくなるってのはどういうこと？」

難しい顔でぶつぶつ言っているさくらにみゆりが訊ねる。

このままだと消滅してしまうあやかしがいるという話は聞いていた。

それにはさくらが含まれているのだとも。

「そのままの意味ね。消滅してしまうわ。誰の記憶からも消えて、なかったことになってしまうのよ」

「もういっこ。守り手ができたら霊泉が機能するってのはどういう意味？」

「そこは、さくがどうして戻ってこれたのか、という部分にも関わってくるのだけれどね」

そう言い置いて、さくらが語り始めた。

あやかしが発生する要因はさまざまあるが、そのうちのひとつに願いというものがある。

只猫《ただねこ》だったさくらは死後、帰りたいと強く願った。

もういちどみゆりに会いたいと。

そして道南に住むあやかしたちは、『昭和湯霊泉』の復活を強く願った。

消えたくない助けてと。

このふたつの願いが合わさり、結晶化して、猫又のさくらが誕生したのである。

「つまり、あのミントゥチは、さくらの親みたいなものってこと？」

「親というと少し語弊《ごへい》があるわね。あくまでも不特定多数の願いが要因だから」

だからこそあやかしたちの願いを叶える、というのがさくらの存在理由のひとつだ。

叶えるためにこそ、さくらはみゆりに霊泉の守り手になってほしいと願った。

「みゅりを利用したみたいな感じにきこえたらごめんなさい」

「そんなこと一ミリも思ってないから心配しないで。でも、私が守り手になっても状況は変わらなかったってことだよね」

「『昭和湯霊泉』は安定した霊泉だったの。おじいちゃんが入院して休業するまではね」

多くの人が訪れることで霊力が上昇する。

しかし『昭和湯』はいつでも千客万来だったのかといわれれば、そうではない。

人々の銭湯ばなれが進むにつれ、ここも客数を減らしていったはずだ。

みゆりの父も、その姉弟たちも、銭湯の厳しい経営を知っていたからこそ、あとを継ごうとしなかったのである。

「でも安定はしていたのよね？」

「そう。それこそが守り手の力なんじゃないかとさくは読んでいたの」

だからみゆりに守り手たることを願った。

仮に客数が少なくても、守り手がいればある程度は機能すると考えていたのである。

しかしアテは外れ、消滅しかかっているミントゥチに霊力を補給してやることすらできないありさまだ。

「私に守り手の資格がないとか？」

「そういう話じゃないと思うわ」

さくらが首を振る。

みゆりの祖父である立花季太郎は、べつに霊能力者でも魔法使いでもなんでもない。ただの人間だった。

ふうむとみゆりは腕を組む。

「おじいちゃんの銭湯と私の銭湯、その違いってなんだろう？」

「まずは人間が違うわね。すえたろうとみゅりは別人だもの」

「そこは外して考えようよ。違うのは大前提なんだから」

守り手が違うからダメということなら、話はそこで詰みである。どうしようもない。

「それ以外の違いは、じつはさくには判らないのよ。『昭和湯霊泉』に入ったこともないし」

「そりゃそうか。おじいちゃんの銭湯を経験してるのは私の方だもんね」

只猫だった頃のさくらが銭湯に入れるはずもない。

比べろというのも無理な話だ。

むしろ幼少の頃とはいえ、みゆりは『昭和湯霊泉』を経験している。

差違を挙げられるとすれば、それはさくらではなくてみゆりの方だろう。

「とはいえ、おじいちゃんのこと、なんにもわかんないんだよね」

中学生から高校生になる頃には、すっかり足も遠のいてしまっていた。

深い理由があったわけではなく、知らない人の前で裸になることに、なんとなく忌《き》避感《ひかん》を抱くようになっただけだ。

とはいえそれは思春期特有の感情で、大人になると普通にスーパー銭湯や温泉に赴《おもむ》くようになったけれど。

「そもそもおじいちゃんが霊泉の守り手だなんて知らなかったし」

さくらと会うまであやかしに出会ったこともない。

しかし季太郎は、あやかしや神様が訪れる日本で唯一の人工霊泉、『昭和湯霊泉』の守り手だった。

あやかしの中に季太郎と知り合いだったものが一人や二人いてもまったくおかしく

ないだろう。先ほどのミントゥチも、かつての『昭和湯』を知っているような雰囲気だった。

その一方で祖父がなぜ仙湯を経営していたのか、どうやって黒字にしていたのか、みゆりはなにも知らない。

跡を継ぐ予定の人間が誰もいなかったから、知識も継承されなかった。

考えてみれば、これだっておかしい。

『昭和湯霊泉』があやかしたちにとって必要なものであることを、季太郎は知っていたはずだ。

霊泉の守り手として、この昭和湯が消滅してしまった場合の影響を考えなかったとは思えない。

にもかかわらず子供たちに継がせようとしなかった。他から人を連れてくることもなかった。

それはなぜなのか。

「でも、知らない知らないでは済まされないんだよね。ミントゥチを助けないと」

消えかかっているあやかし。

あれが将来のさくらの姿なのだと思えば悠長に構えてはいられない。

「そしてそれ以上に、短い時間でも喋ったことがある相手が消えちゃうってのは、さすがに寝覚めが良くないよ」

「さすがみゆりね。でも、あのミントゥチ、たぶん数日のうちに消えてしまうわ。さくがきたのに……」

悔しそうに呟くさくら。

あやかしたちの願いによって生まれたのに、あやかしを救うことができないとは、と。

ひとりで抱え込むなと言いながら、みゆりはその背を撫でた。

状況は厳しい。

今すぐなんらかの手を打たなくてはならないのに、なにが有効打になるのか探す時間はない。八方塞がりだ。

結局、とくに有効な策も思いつかないまま初日の営業は終わる。

初日の来客数は五十七人。

ミントゥチの問題、『昭和湯』の経営、頭痛の種を探すのに事欠かない滑り出しだ。

そして翌日、みゆりはどちらの問題も熟慮する時間すら与えられずに開店準備に追われていた。

銭湯というのはけっして暇な仕事ではない。

『昭和湯』の開店時間は午後三時だが、それまでずっと遊んでいて良い、というわけにはいかないのである。

午前中のうちに浴室の床と浴槽をブラシがけして、男女五十席ずつある洗い場の鏡を磨き、固定式シャワーの吹き出し口を綺麗にする。さらに椅子と桶を洗って、積み重ねておく。

浴室が終わったら、今度は男女別の脱衣所とロビーの清掃だ。

これらの作業に四時間ほど。

浴槽に水を張ったらボイラーに移動して、釜に火を入れる。

適温になるまでの時間を利用して、銀行に両替に行ったり、必要なものの買い出しをしたりするのだ。

そして開店時刻となったら、そこから午後十時の閉店までずっと番台に張り付かなくてはならない。

夕食も客のいない時間を見計らって番台の中で済ませる。

いつ人が来るかわからないうえに現金が置いてあるため、長時間席を立つわけにはいかないのだ。

なかなかに過酷な労働環境なのである。

とてもではないがのんびりと思索にふけっている時間はない。

「ちょちょいと考えて正解が思い浮かんだら良いのに」

「それはドラマや映画の中だけでしょ。簡単に解決できるなら問題だなんて言わないわ」

みゆりのぼやきに応えながら、さくらがぴょんと番台に飛び乗った。

良い知恵も浮かばないままに開店時間がやってくる。

引き戸を開放して暖簾をかけ、開店前から待っていてくれた二、三人のご老体をみゆりは招き入れた。

この部分だけ聞くと人気店のようだが、昔から、どこの銭湯でもどういうわけか一番風呂を狙う老人というのはいる。

「よう。出勤前にひとっ風呂……て、どうしたんだ？　おふたりさん」

しばらくして、暖簾をくぐって入ってきた倖人が、暗い表情のまま仕事をしているみゆりとさくらを見て首をかしげた。

「篠原くん……」

「ゆき……」

揃って情けない顔を向ける。

「なんかあったなら喋ってみ？・・・」

彼は、さくらが帰ってきたことを知っているみゆり以外の唯一の人間である。

周囲には新しい白猫を飼ったのだとしか思われないのだが、なんと倖人だけはこの白猫があのさくらだと気がついた。

そのときのことを思い出すと、みゆりは少し笑ってしまう。

東京の仕事を辞め、さくらと二人で再オープンのための準備をしているとき、倖人が『昭和湯』に遊びにきたのだ。

陣中見舞いなどと称し、カクテルとつまみを持参して。

そこでさくらと対面したのである。

そして猫を見るやいなや、みゆりの手を引いて跳びさがった。

「妖怪変化め。立花に取り憑いてなにをたくらむ」

みゆりを背後にかばいながらさくらを睨み、柏手《かしわで》を打って祝詞《のりと》を口にする。

真剣そのものの表情だった。

「俺程度の力で調伏は難しいかもしれないけれど、立花には指一本触れさせないぞ」

その様子を、かばわれたみゆりと睨まれたさくらが目を点にして眺めていた。

さすが神社の倅《せがれ》だなぁ、と。

二人交互に顎《あご》をしゃくるのは、あんたがツッコミなさいよ、という無言語会話である。

ようするに、幼馴染のみゆりも知らなかった話だが、倖人にはわずかだが霊感があり、普通の猫に化けているさくらの正体が猫又であると気がついたのだ。

そしてみゆりに取り憑いて悪事を為《な》そうとしているのだと誤解して、やっつけようとした。実力不足は承知の上で親友を守ろうとしたのだから、大変に立派な行為なんじゃないかなー、とみゆりは思う。

霊泉を復活させるために人間とあやかしが協力して頑張っている、なんてことをいきなり見抜ける人がいたら、逆にびっくりしてしまう。

ともあれ、みゆりとさくらが説明したことで誤解はひとまず解けたのだが、「サイキックバトルアニメの主人公みたいで格好よかったよ」と、からかわれるネタを提供することになってしまった。

以来、倖人もさくらと交流をしている。

「それが……」

みゆりが昨日の出来事をかいつまんで説明した。

消えかかっているミントゥチのこと、客足がまったく伸びず、このままでは一年で黒字化など夢のまた夢であること。

「ふーむ。あやかしだの仙湯だのは俺にはよくわからないけど、それってここで考えていたら答えが出るような問題なのか？」

「わかんないけど……」

「じゃあ笑え、ふたりとも。営業中は笑顔が基本だぞ。悩んでいても困っていてもそれを顔に出しちゃダメだ。来ないお客さんのことで思い悩むより、今利用してくれているお客さんに全力で応えないと」

それが接客というものだろうと笑い、みゆりの肩を軽く叩いた。

「明日、メシでも食いにいこうや。おごるからさ」

暗いとき、寒いとき、腹が減ってるときに考えてもろくな答えが出ないと持論を披露して、倖人は脱衣所の方へと消えてゆく。

「ゆきでも、たまにはまともなことを言うのね」

器用に肩をすくめるさくら。

「負け惜しみを言って。少し表情が明るくなってるよ。さくら」

「それはみゅりも同じでしょ」

冗談を飛ばしあい、互いの瞳の中に少しはましな顔になった自分の顔を見出すさくらとみゆりだった。


一緒に食事といったところで、一般的な男女とは違い、みゆりと倖人の場合にはアルコールは伴わない。文字通り、辞書的な意味での食事に終始する。

倖人はバーの経営者でみゆりは銭湯の経営者。二人とも、このあとに仕事が控えているからだ。

時間帯も夕食は不可能で、昼食しか選択肢がない。

若い男女とは思えないくらいの健全さだが、みゆりは恋愛の絡まないこの関係に居心地の良さを感じている。

一緒にいると、過ぎ去った高校時代に気持ちだけでも戻れるという理由もあるかもしれない。

「懐かし！　まだあったんだ。フタバヤ」

案内された店の前で、みゆりは顔をほころばせた。

訪れたのは美原にあるショッピングセンターの中に入っている洋食店『パーラーフタバヤ』である。

本当にずっと昔からあって、みゆりも子供の頃、祖父に幾度も連れてきてもらった。

もう二十年も前の記憶だ。

「……なんか、泣きそう」

「食ったらもっと泣くぜ。懐かしくて」

ノスタルジーを感じる店内。

二人は窓際の席に座る。

そこから見えるのはショッピングセンター内の景色だけど、それもまた風情だ。

幸せそうな家族連れを見ているだけでなんだか心が満たされる。

「中に入って食べるのなんて、ほんとに何年ぶりだろう？　十年くらい？」

「高校の頃は、そっちのベンチでソフトクリームが関の山だったからな」

みゆりの言葉に、くすりと倖人が笑う。

『パーラーフタバヤ』は高級店というわけではないが、高校生が小遣いで食べるには少しばかり高い。

そのため、寄り道をしてもソフトクリームを買って店の前のベンチで食べるというのが通例だった。

店内で飲食というのは特別で、両親との買い物の途中に立ち寄るとか、イベントごとがないと難しかった。

ちらりと視線を投げれば、やはりいまも中高生たちが店の前のベンチでささやかな贅沢を楽しんでいる。

まるで昔の自分を見ているようで、みゆりはほんの少しだけせつなくなった。

食事だけじゃなくて、ソフトクリームも頼んでしまおうか、などとカロリー的には大変に罪深い考えを浮かべながら、みゆりはメニューを開く。

記憶とほとんど変わっていない料理たちだ。

「当然ハンバーグだよね。エビフライつきのやつ。食べ終わって余力があったらデザートも食べよう」

「この暑いのにハンバーグかよ。俺はやっぱり名古屋うどんだな」

オーダーを取りにきたウェイトレスにそれぞれ注文する。

「ちょっと篠原くん。フタバヤにきてハンバーグを食べないなんて邪道、許されると思ってるの？」

「むしろ俺としては。名古屋うどんこそオススメしてるんだ」

名古屋うどんは創業当時からある隠れた逸品で、創業者が名古屋で食べて感銘を受けたという鉄板に乗った焼きうどんを再現したメニューである。

しかし味は名古屋らしさを追求せず、あくまでも函館市民に向けた塩ベースでチーズがかかっている。そして味が足りないときにはソースをかけるのだ。

名古屋といえば味噌煮込みが有名だが、これに味噌は使われていない。

大事なのは鉄板に乗っているという部分で、よく焼いた鉄板で料理を出す名古屋をリスペクトしているのだ。

「詳しいんだね。篠原くん」

倖人の説明にみゆりが呆れる。

「そりゃあ月に二、三回は通ってるからな。教えてもらったんだよ。函館人なら当然だろ？」

「常連面が無性に腹立つ。でもその意見には全面的に賛成する」

「賛同を得られて幸いだ」

テーブルの上で握手を交わす二人。

函館人ならフタバヤにいけ血盟《けつめい》、結成である。

やがて、甘めのデミグラスソースが焼ける匂いを漂わせて、鉄板の上でじゅんじゅんと音を立てるハンバーグが運ばれてくる。

紙エプロンではねてくる油から身を守っていたみゆりは、テーブルに置かれた途端、矢も盾もたまらずナイフとフォークを入れた。

じゅわ、とあふれ出す肉汁。

それが鉄板にふれ、美味しそうな香りが臨界点を突破した。

一口サイズに切り分け、ぱくりと口の中へ。

熱い。そして美味しい。

まるで幼い子供のように、はふはふと言いながら食べる。

一口ごとにあふれ出す肉汁がソースと絡み、みゆりの味覚を暴力的なまでに支配していく。

インターバルはエビフライだ。

衣はさくりと身はどこまでもぷりっと。そえられたタルタルソースとともに、口の中を癒やしてくれた。

肉汁の暴力から一時的に解放された口が、だがすぐにまた肉を求める。止まらない。

フォークを止められない。

玉のような汗が額に噴き出した。

「おいおい。汗だくじゃないか」

呆れたように言った倖人が紙ナプキンを手渡す。

苦笑いを浮かべるその姿が、在りし日の祖父に重なって見えた。

幼い日。祖父はよくフタバヤに連れてきてくれた。うまいんもん食わせてやるぞ、と。

いまのみゆりと同じように、後に営業が控えているから遠くまでは行けない。無骨で不器用な祖父が、精一杯おしゃれな店として選んでくれたのが、このフタバヤだ。

まだ少女のみゆりが汗だくでハンバーグを食べるのを、呆れたような微笑を浮かべて見守ってくれていた。

「思い出した……。その後はハーブのお風呂でさっぱりすっきりしたんだっけ」

幾度も『昭和湯』で入ったハーブの風呂。

人々の笑いさざめく声。

どんなに暑い日でも、昭和湯さんに浸かればさっぱりするのだと。

今なら理解できる。あのとき、みゆりの周囲にいたのは人間だけではなかったのだろう。

懐かしい香りを嗅ぎ、味を口にしたことで記憶槽が刺激され、昔の思い出が浮かび上がってきたのかもしれない。

「おお。それも懐かしいよな。じいさまの薬湯な。またやるのか？」

倖人の言葉が、みゆりの記憶をより鮮明にさせた。

あのハーブ湯。お湯に色はとくについてなかったと思う。けれど、ネットに入ったハーブが浮かんでいた。

みゆりはそれを持ち上げて匂いを嗅ぐのが大好きだった。そのときの清涼感のある鮮烈な匂いを憶えている。

お風呂の温度はかなり熱めのはずなのに、なぜか風呂上がりはちょっと寒く感じる。そんな不思議なお風呂だった。

「これが答えかも……」

あのときの祖父の苦笑。

それは、汗だくになった身体を銭湯でさっぱりさせる孫娘と、消耗した霊力を霊泉で回復させるあやかしたちとを重ね合わせて笑っていたのではないか。となると、さっぱりさせるお湯というあたりに、なにがしかのヒントがあるかもしれない。

「篠原くん。なんか、わかったかもしれない」

「そいつは良かった。なら、俺が持ってきたアイデアは使わずに済みそうだな」

「参考までに、どんなアイデア？」

「店の外に出て呼び込み。道交法と風営法的にはグレーだけどそのくらいなら警察もお目こぼししてくれるし、一定の効果は期待できるから」

「おいおい……」

「ともあれ、なにか思いついたなら良かったよ。お祝いにいちごサンデーをおごってやろう。好物だろ？」

「ありがたやありがたや。お返しにチョコサンデーをおごるよ」

同じ値段のものをおごりあっていれば世話はない、と思ってしまうが、案外このスタンスがみゆりには心地良い。

倖人と別れ、『昭和湯』の母屋へと駆け込んだみゆりは、次々とタンスを開けて昔のアルバムを引っ張り出していた。

季太郎との思い出の中に解答らしきものを見つけたとはいえ、まだどう形にすればいいのかはわからない。

「デートから戻った瞬間にアルバムを見始めるとか。なんだかフラれた直後みたいね。あんなに一緒だったのに、あんなに楽しく過ごしたのにって、思い出を拾い集めるの」

てとてととそばにやってきた留守番のさくらがからかった。

もちろん、みゆりと倖人が恋人ではなく親友だと知っていて言っているのである。

だがいまは、その軽口に付き合っている暇はない。

「ヒントを見つけたかもしれないのよ」

勢い込んでみゆりが言った。

「にゃ！」

ぴく、と、さくらのヒゲが動く。

みゆりが事情を説明し、ふたりで協力しあいながら昔の写真を漁り始める。

それは本当にいい加減で曖昧な記憶にすぎないのだが、子供の頃、昭和湯の庭先になにか植物のようなものが吊してあったような気がするのだ。

それが薬湯の正体かもしれない。

そして、その当時の写真を見つけることができれば、やり方が判るかもしれない。

かもしれないにかもしれないを重ねた、根拠というには薄弱すぎる考えだ。

しかしみゆりには、これが正解だという確信があった。

「これかしら?」

十数冊目のアルバム。

さくらが爪で指すのは、幼いみゆりを抱き上げる祖父の写真である。

ほっと息を吐く。

季太郎というのは写真をフィルム式のカメラで撮る世代だから、もし現物が残っていなかったら、そこで詰みだったのである。

「このみゅり。可愛いわね」

「ありがと。さくら。でも今はそこは問題じゃない」

庭先に吊してあるものと、その背後にある青々とした家庭菜園こそが問題なのだ。

「お願い。まだ残っていて」

写真を左手に持ち、ベランダからさほど広くもない庭へとみゆりは下りる。

何年も手入れするものがおらず、荒れ放題の庭だ。

家庭菜園だった場所には雑草が生い茂り、ここが菜園だったなど誰も思わないだろう。

手に持った写真を見ながら雑草をかき分けてゆく。

大丈夫。必ず残っているはずだ。

祈るような気持ちで探していくと、

「あった……」

ついにみゆりは発見した。

雑草のなか、隠れるように自生しているハーブたちを。

オレガノ、カモミール、タイム、アルケミラ・モリス、ヒソップ、それにミント。

きちんと探せば、おそらくはまだまだあるだろう。

写真と実物をしげしげと見比べ、何度も間違いがないか確認する。

「よし！」

それから、ぐっと拳を握りしめた。

「やったわね。みゆり」

駆け寄ってきたさくらが肩に飛び乗った。

右前脚《ぜんし》を差し出し、みゆりとハイタッチを交わす。

「いえーい！」

「いえーい！」

勝利へと繋がるロープの端が見えた。

あとはたぐり寄せるだけだ。切らないように、放さないように。

「やるわよさくら！　ハーブの薬湯！」

「さくは近くで応援するわ」

きゃいきゃいと騒いで笑いあった。

一歩進んだことで、二人ともハイになっているらしい。

ハーブというのは大地の豊かさを象徴する植物だ。これらのもつ生命力を湯に溶かすことによって霊力を得る。それが『昭和湯霊泉』の正体ではないかとみゆりは考えたのである。

銭湯を訪れる人の数と満足度に比例して霊泉の力は高まるというが、『昭和湯』はいつでも千客万来だったわけではない。

天候や気温のせいで客の少ない日も当然のようにあっただろう。

そのときにどうやって霊泉の力を高めていたのか。その答えがハーブの薬湯だ。

「たぶんだけど、ハーブを煮出して、エキスを抽出するんだと思うわ」

それにより大地の力を霊泉にもらっていたのではないかと、にふにふとヒゲを動かしながらさくらがみゆりに語ってみせる。

まるで見てきたような推測だ。

「よくそんなことわかるね。でも私の記憶だと、ネットに入ったハーブが湯船に浮かんでたんだけど」

「猫だもの」

「見てるだけ?」

「それでも霊力はもらえると思うけど、お湯全体に成分を行き渡らせるには効率的じゃないわ。飾りだったんじゃないかしら？」

何種類かのハーブを摘み取ったみゆりに、さくらがこてんと首をかしげる。

記憶と写真だけが頼りのため、正解は判らない。

「とにかくやってみよう」

「おおー」

ハーブを籠に満載したみゆりと、宣言どおり応援しかしていないさくらが台所へとむかう。

どういう調合だったか、どのくらい煮ればいいのか、まったく判らないのだ。ひたすらトライアンドエラーを繰り返すしかない。

「ミントの量をもう少し増やした方が良いかも。その分オレガノを減らして……ん、そんな感じ」

「だいぶミントがメインになってきたね」

さくらの指示に従ってみゆりは鍋に入れるハーブの分量を調整していく。

もちろんさくらだって正解を知っているわけではないが、植物が持っている霊力を感じることはできるのだという。

最も効率の良い配合へと近づけるための実験が続く。

「ていうか、台所が霊力で満たされちゃって、もうどれでも良いんじゃないって気になってくるわね」

『昭和湯』の菜園に生えていたハーブはどれも強い力を持っているらしい。

土地のせいか、それとも他に理由があるのか。

いずれにしてもいまは理由を探っている余裕はないが。

「ストップ、みゅり。その配合で完璧よ」

「OK」

ミントが八割、カモミールが一割ちょっと。これがメインだ。

他のハーブはひとつまみとかふたつまみ。このあたりの加減が難しい。

タイムの量がちょっと多かったり、ヒソップが少し足りなかったりするだけで霊力が不安定になってしまうのだ。

「これ、たぶん日によって配合を調整していたわね」

さくらがふにふにとヒゲを動かす。

「私にはさくらがいるから良いけど、おじいちゃんはどうやってベストの配合をチョイスしてたんだろう？」

季太郎はみゆりと同様に霊能力者でもなんでもなかった。不思議な話である。

「職人芸？」

「長年の勘で霊力とか判るようになるものなのかしら？」

適当なことをいうさくらに首をかしげるみゆり。

きゃいきゃいと騒ぎながらも煮出し液が完成した。

さくらの話ではこれを浴槽に流し込み、〇・〇二パーセント溶液にすることによって、ちょうど良い感じに霊力が吸収できるようになるのだという。

「あやかしにそのまま飲ませるってのは？」

「霊力ってのは、そういうものじゃないのよ」

霊力の高いものを食べれば霊力を取り込める、なんて簡単な話だったら、ミントゥチには『昭和湯』の庭に生えている草を食べさせておけばいい、という結論になってしまう。

結局、煮出し液と、ネットに入れた生ハーブ。この両方を使うことにした。

生ハーブの方はそれほど効果は期待できないが、ハーブ湯ですよ、とアピールするための小道具である。

◇

普段より客数が伸びている。

薬湯のおかげなのか、それともただ単に日曜日だからなのか、現状でみゆりに判断のしようがない。

しかし、玄関口に貼った「ハーブの薬湯、はじめました」と毛筆で書かれた紙に、常連たちから歓迎の声があがった。

「懐かしい」「やっぱり薬湯はいいねぇ」「こうでなきゃ『昭和湯』じゃないよ」エトセトラエトセトラ。

他にも、これで一雨きてくれたら涼しくなるのに、などと、わりとどうでもいい雑談を客たちと交わす。

その行為は、おおいにみゆりを勇気づけた。

霊泉とか仙湯とか関係なく、この人たちに楽しんでもらいたい、と、素直にそう思えた。

「もしかしたらおじいちゃんは、あやかしのためって以上に、この人たちの笑顔のために『昭和湯』を続けていたのかもしれないね」

「お？　女将として開眼した？」

さくらがからかい、みゆりは肩をすくめた。

銭湯を始めてわずか三日目の自分が、五十年以上に亘って『昭和湯霊泉』を切り盛りしてきた祖父の思いを理解しようというのは、おこがましいにもほどがある。

「女将さん……こんばんは……」

やがて少しだけ活気を増した『昭和湯』の賑わいに誘われ、ミントゥチがやってきた。

一昨日に輪をかけて疲れきった表情だ。

もし街で出会ったのなら、たとえ他人でも大丈夫なのかと本気で心配して声をかけてしまうだろう。

いまの彼女は消滅の危機にあり、明日明後日にいなくなってしまってもおかしくない。

「現状でできることはやってみました。どうかゆっくり入っていってください」

「ありがとう……ございます……」

ふらふらと幽鬼のように脱衣所へと消えてゆくミントゥチは、美人なのにそれが台無しになるほどの憔悴ぶりだ。

みゆりがちらちらと浴室の方へと視線を投げる。

「大丈夫よ。みゅり。今日の『昭和湯』は昨日までとはひと味違うもの」

仕事のことだけ考えろ、とでもいうようにさくらが前肢をみゆりの手の上に乗せた。

「そうだった」

昨日、倖人に指摘されたばかりだ。

常に笑顔。物憂げな顔など見せてはいけない。それが接客の基本だ。

そして、普段より少しは多い客の相手をしたり、ロビーの整頓をしているうちに一時間ほどが経過して、ロビーへと戻ってきたミントゥチは、入ったときとは別人のように顔色が良くなっている。

花がほころぶような笑顔を見せた。

「霊力の量も質も以前ほどではないですが、それでもだいぶ身体はラクになりました。ありがとうございます。女将さん」

その言葉に、みゆりはほっと胸を撫で下ろした。

さくらは大丈夫と言ったが、実際にミントゥチが回復できるのかは蓋を開けるまで判らなかった。

「そういっていただけると嬉しいです。ミントゥチさん」

「イナンクルワですよ。ミントゥチのイナンクルワ」

にこりと笑う。

それはとてもチャーミングな笑顔で、同性のみゆりから見ても惚れてしまいそうなほどであった。

「幸せの淵という意味のアイヌ語ね」

さくらが横から説明する。

「ときに、女将さん」

すっと真顔に戻るイナンクルワ。

「はい？」

「どうして浴室も脱衣所も、こんなに汚れているのですか？」

ずいと顔を近づけられ、思わずたじたじと怯んでしまった。

美人だからこそ、よけいに迫力がある。

「いや……ちゃんと掃除はしてるんだけど……」

後半がごにょごにょと消えてしまうのは、掃除が行き届いていないという自覚があるからだ。

ボイラーの調子を見ながらお湯を張らないといけないし、番台の準備もしないといけない。つり銭用の小銭だって銀行に両替に行かないと。時間的にもギリギリなのだ。

つらつらと言い訳を並べる。

よくもまあ瞬時にそれだけ出てくるものだとさくらが呆れた顔をした。

「けっして面倒くさいと思っているんじゃないの……ホントに……」

みゆりはしどろもどろだ。

営業時間に入ったら番台から動けない。

自然が呼んだときだって、さくらに番台を見張ってもらって、ダッシュで女性用脱衣所のトイレに駆け込むのである。

定期的に浴室や脱衣所を見回って、脱衣籠を整理したり風呂桶を並べ直したりする余裕は、とてもではないが捻出できない。

自分で使ったものは自分で片付けるという客のマナーに期待するしかない、というのが正直なところだ。

「女将さんの苦労は判りますけれど、お客さんは清潔になりたくて銭湯に足を運びます。なのにそこが薄汚れていたらどう思うでしょうか」

「うぐ……」

「まあまあ。人手が足りないって問題はどうにもならないのよ」

ぐいぐいと追いつめられてゆくみゆりを見かね、さくらが助け舟をだした。

「あなたさまもあなたさまです。女将さんを手伝いもせず、座布団の上で高みの見物。若旦那ですか？　三味線も持ってないのに」

「うぐ……」

そして助け舟は、一瞬で撃沈されてしまったのである。

「よっわ……」

思わずぼそりと呟いてしまうみゆりだった。

とはいえ、猫であるさくらが銭湯を手伝うことは現実的にできない。

番台に座っているだけならまだしも、そのへんをてくてく歩いていたら、汚いとか毛が落ちるとか言う人が必ずいる。

そもそもそういう人間は客としてカウントしていないみゆりではあるが、言われて嬉しいわけではない。

ゆえに、動き回れるのはみゆり一人だけなのだ。

「そこで女将さんにお願いがあります。あしに手伝わせていただけませんか？」

唐突な申し出である。

人手が増えるのは純粋にありがたいが、簡単には頷けない事情があった。

「イナンクルワさん。『昭和湯』にはとても人を雇う余裕が……」

余裕どころか、みゆり自身の生活すらどうなるか判らないというのが、いまの昭和湯の現実だ。

昨日と一昨日の来客数を足して百人ちょっと。少し上向いた今日の分を合わせても二百に届かない。

利益が出るラインである一日百二十人には、はるかに遠く及ばないのだ。

くすりとイナンクルワが笑みを浮かべる。

「どうして女将さんは、あやかしにお給金が必要だと思ったのでしょうか？」

「え？　いらないの？」

「お金をいただいても、べつに使い道はありませんよ」

食費が必要なわけでも住居が必要なわけでもない。

服だって、妖術で着ているようにみせているだけ。

「そういうものなの？」

「そういうものよ。食べようと思えば普通に食事もできるし、着ようと思えば服だって着られるけどね」

みゆりがさくらに視線を向けると、にふにふと笑いながら解説してくれた。

「本当に無報酬で手伝ってくれるの？」

「ええ、もちろん。『昭和湯霊泉』の復活を手伝うのは、あし自身のためでもありますし」

「ありがたいけどちょっと申し訳ないな……あ、そうだ。せめて住むところは提供させて。あとお風呂入り放題とかは喜んでつけるから」

金銭を出せない以上、みゆりが用意できるのはこの程度のものしかない。

幸い『昭和湯』の母屋は広いのだ。

なにしろ最盛期には、祖父、祖母、そしてその子供たちが四人という七人が暮らしていたのである。

最後は季太郎ひとりしか残らなかったが。

「さすがみゅりね」

みゆりの提案になぜか顔を見合わせたイナンクルワとさくらが、どちらからともなく笑い出した。

「……ふふ」

意味が判らず、みゆりは小首をかしげる。

「ミントゥチに対して、自分の家に住めと提案する人間がいるんですねぇ」

「みゅり。前に教えたミントゥチのチカラのこと、もう忘れてしまったの？」

「チカラ？　豊漁だっけ？　私は漁業を営んでないから関係ないと思うけど」

「その家に幸運をもたらす。たいていは若い男に化けて婿入りしてね。だから、家に住めって要求はプロポーズみたいなものなの」

「いやいやいや。そんなつもりはまったくないし」

みゆりが慌てて手を振った。

まったくそんなつもりもなく、広い家でさくらと二人ぼっちというのも寂しいから誘っただけだ。イナンクルワを婿にするつもりはないし、幸運が目的でもない。

「判ってますよ。あしは男に化けたりしませんし、女将さんとそういう関係にもなりません。ただ、あやかしのチカラを期待せず、ただの厚意でともに暮らそうと申し出る人間が面白くて」

「みゅりはただの人間じゃないからね。かなり図太い人間なのよ」

ふたりしてころころと笑っている。

少しだけみゅりは唇を尖らせた。が、真剣に怒っているわけではなく、むくれてみせただけだ。

「女将さん。あしのことは、どうか親しみを込めて、さっちんとお呼びくださいね」

「なんでさっちん?」

みゆりは首をかしげた。

儚《はかな》げで色っぽい美女という雰囲気のイナンクルワには、可愛すぎるニックネームの気がする。

「幸せの淵ですから。幸湖《さちこ》って名乗ってるんですよ。普段は」

「なるほど」

それ以上の感想は口にしなかったが、正直、イナンクルワのほうが格好いいと思った。

さちことという名前が悪いとはいわないけれど、大変に昭和っぽい響きである。

「いま古くさい名前だと思った女将さんは、全国のさちこさんに謝ってください。心からですよ」

「大変、申し訳ありませんでした」

内心をピタリと言い当てられ、みゆりは恐縮の体であさっての方向に頭を下げる。

なにやってんだか、と、さくらが笑った。

「これからよろしくお願いしますね。女将さん」

「うん。よろしくね。さっちん」

くすくすと笑いながら差し伸べられた右手。

信頼を込めて握り返す。

と、そのとき。

一陣の風がさあと吹きこみ、外がにわかに騒がしくなった。

雨音である。

夕立だ、とか、これで涼しくなるなぁ、とか、お客さんからそんな声も聞こえてきた。

「さっちんのチカラ？」

さくらの説明に、ミントゥチの能力には慈雨をもたらすというものがあったと思い出しながら訊ねる。

「わずかですが戻ったようですね。女将さんのおかげです」

霊力が補充されたことにより、水妖としてのイナンクルワの力も取り戻すことができた。

それが雨という形で現れたのである。

「ちなみに、疫病をまき散らすというチカラもあります」

「やめて！　そっちは絶対にやめて！　洒落にならない！」

両手を前に出し、力一杯にみゆりが止めた。

アイヌの神もあやかしも、良いことと悪いことの両方を司っている。

だから恩恵だけというのはありえない。

「でも、女将さんは幸運をもたらすチカラをいらないと言ってくれましたから。相殺して疫病をまくチカラを封印できます」

「ねえさっちん。試しに訊くんだけどさ、もし幸運が欲しいっていってたらどうなっていたの？」

なんだか悪い予感がしてみゆりが訊ねた。

「みゅりに幸運が舞い込む分だけ、他の誰かが不運に見舞われるわ」

応えたのはイナンクルワではなくさくらである。

「こっわ！」

「あやかしとの付き合い方の基本よ。カタログスペックだけ見ていると足をすくわれるの」

そうやって破滅した人が何人もいるのだと付け加える。

みゆりは軽く身震いした。

「いまのあしはもう、益も害ももたらさない、しょうもないあやかしになりましたけどね」

それこそが望みだったとでもいうように、とびきり魅力的な笑みを浮かべるイナンクルワだった。

第二章　ねこの湯、誕生です

ミントゥチのイナンクルワが加わったことにより、浴室と脱衣所に劇的な変化があった。

目に見えて清潔に、美しくなったのである。

みゆりが営業前に掃除したときと比較しても段違いだった。

水妖ミントゥチは伊達ではない。

さらにハーブ薬湯の爽やかさも手伝って来客数はうなぎのぼり、となれば最高だったのだが、残念ながらそちらは甘めに採点しても微増というところである。

ただ、人間ではない客も少しずつ姿を見せるようにはなった。

『昭和湯霊泉』復活の報に触れ、あやかしや地域神《ローカル》が訪れるようになったのだ。

「よーうサチ公。きてやったぜ」

その日、がははは、と豪快に笑いながら暖簾をくぐって入ってきた若い女性。彼女もおそらく人間ではない。

年齢は高校生くらいで少し背が低く、太いというより筋肉質な雰囲気である。見た目は完全に普通の人間だけれど、それはイナンクルワも同様だ。

「祭《まつり》さん。女の子がそんな笑い方をしてはいけませんよ」

女性用の脱衣所から、ひょいとイナンクルワが顔を覗かせる。

みゆりは視線で説明を求めた。

イナンクルワの知己《ちき》のような空気を醸し出しているし、サチ公などというニックネームは、よほど親しくないと使わないだろう。

「彼女は吉住《よしずみ》祭さんです。祭さん、こちらは女将の立花みゆりさん」

にこにこと笑いながら紹介するイナンクルワだが、彼女がどういう種類のあやかしかなどという解説はない。

「よろしくな。女将」

にかっと祭が笑う。

健康的な白い歯がキラリと光った。

儚げなイナンクルワとは対極にいるようなタイプの女性だ。

「みゆりです。よろしく」

「あたいのことは、祭でいいぜ」

番台からみゆりが伸ばした右手を、ぐっと祭が握り返す。

「いたた」

そしてみゆりは顔をしかめた。

外見から力持ちだろうなと思っていたものの、予想の上をゆく力だった。

「それで、いったいどうしたんですか？　祭さん」

ちょっと首をかしげてイナンクルワが訊ねる。

大変に色っぽい仕種で、『昭和湯』常連たちの間に彼女のファンが多いというのも頷ける。などとどうでも良いことを考えながら、みゆりは二人のやりとりを見つめていた。

「どうしたもこうしたもあるかよ。風呂に入る以外、なにしに仙湯にくるってんだ。相撲でも取るのか？」

ドキのドの字すら感じてませんという風情の祭が答える。さらに、謎のエアつっぱりまで始める始末だ。

それを見てイナンクルワが、はぁぁ、と、大きなため息をついた。

「あしが言っているのは、祭さんはわざわざ霊泉に入りにくる必要はないでしょうという趣旨のことです」

「あたいはな。けどスマリ様は、そういうわけにはいかんべや」

言い置いて、祭は外にいた女性を『昭和湯』に引っ張りこんだ。

「この人を元気づけてやりてえのさ」

「人ではなくて神じゃがな」

紹介されたスマリ様は黒髪黒瞳の美しい女性だったが、疲れた様子がかつてのイナンクルワに少し似ている。とはいえ消滅寸前というほどではないが。

「ご無沙汰しております。スマリ様」

イナンクルワが丁寧に頭を下げたあと、みゆりとさくらを紹介した。

「めんこい猫又じゃな」

「さくはめんこいんじゃなくて麗しいの」

にこーっと目を細めるスマリ様をさくらが威嚇する。

このへんはいつもの光景だ。

『昭和湯』を訪れる猫好きは、ほぼ例外なくさくらに見惚れて可愛いという形容詞を連発する。

しかし、白い毛並みのお姫様は、可愛いのではなく麗しいのだと自称しているため、それ以外の褒め言葉を聞くと不機嫌になるのだ。

ともあれ、スマリ様は霊力不足で弱っているため、復活した『昭和湯霊泉』を利用しにやってきたのだという。

祭の単車《バイク》に二人乗り《タンデム》で。

どこから突っ込んでいいのか判らなくて、みゆりは右手を額に当てる。

バイクを操る高校生くらいのあやかしとか、後部座席でその背中にしがみつく神様とか、時代は変わったという解釈でいいのだろうか。

わいのわいのと騒ぎながら、祭とスマリ様がイナンクルワに案内されて脱衣所へと消えていった。

「神様だったね」

ぼーっと見送ったみゆりが呟く。

「稲荷神《いなりのかみ》っぽいけどはっきりしないわね。アイヌの神も混ざってそう」

「神様って混じるの？」

「悪魔だって合体するんだから、神も混じったり進化したりするのよ」

「何のゲームの話よ。それは」

「コンゴトモ　ヨロシク」

相変わらずの謎知識にみゆりが呆れた。本当に、どこからトリビアを仕入れてきているのだろう。

さくらはいろんなことに詳しすぎる。

人間であり年上でもあるみゆりの知識量を軽くしのいでいるのだ。あやかしだから仕方ないねと、みゆりはとくに気にしていないが。

「ま、知りたいなら本人にきくのがベストよ。他人が簡単に出した情報なんてアテにならないわ」

まったくの正論である。

ただ、みゆりは軽く首をかしげた。

「さっちんのときには簡単に情報を出してなかった?」

「そそそそんことはないにゃ！　あれだって、みゅりを騙そうと適当なことを言ったのにゃ！」

素朴な疑問を投げかけられたさくらは動揺し、語尾がおかしくなる。

普段はお姉さん然とした口調だが、じつはこちらが地なのだということを、ここ半月ほどの付き合いでみゆりは知った。

動揺したり興奮したりすると、つい露呈してしまうのである。

思い出してみれば只猫だったときもそういう傾向はあった。いつもはつーんとすましているくせに、寝ぼけて猫マッサージを始めてしまったりとか、みゆりのおやつを猫用のおやつと勘違いして飛んできたりとか。

じつは猫又になっても、けっこう考えなしで脇が甘いところがある。

で、さくらもみゆりのことを考えなしで脇が甘いといつも言っているから、完全に似たもの同士のコンビなのだ。

四十分ほどが経過して、スマリ様がロビーへと戻ってきた。

「いかがでしたか?」

みゆりは微笑で迎えた。

ハーブ薬湯を再開して以来、人間あやかしを問わず、時々こうして感想を述べにくる人がいる。

たいていの場合はお褒めの言葉で、みゆりやさくらにとってのある種の栄養剤となっていた。

こう言ってもらえるんだから頑張ろう、と。

しかし、スマリ様にかけられた言葉は辛辣なものだった。

「復活とはお世辞にも言えぬようじゃな。これではとても霊泉とは呼べぬじゃろう。最大限好意的に評しても霊泉もどきじゃ」

にべもない、という表現そのままに。

怒っているという感じではなかった。

みゆりが仕事でミスをしたときなどに上司や先輩がこんな表情をしていた。「ああ、やっぱりこいつには無理だったか」と。そんな表情を本当に飽きるほど見てきた。

「申し訳……ありません……」

深く深くみゆりが頭を下げたのは、謝罪というよりも表情を隠すため。

それはけっして客に見せてはいけない顔だった。

「良い。はなから期待などしておらぬ。帰るぞ。祭」

「おいおい。ちょっと待ってくれよスマリ様。まだ函館グルメを堪能してないじゃねえか」

去って行く二人の足音を、みゆりは爪が刺さるほどに拳を握りしめたままで聞いていた。

「みゆり。大丈夫？」

その手に、さくらが自分の前肢を重ねる。

「……悔しい」

噛みしめた奥歯から漏れ出した声には、みゆり自身が驚くほど悔しさが籠もっていた。

涙がこぼれ落ちないのが不思議なほどだ。

こんなに悔しいと思ったことはない。

大学に進学したときから、勝てないこと、負け続けることに慣れてしまっていた。

上には上がいて、どうやってもその差は埋まらない。死力を尽くそうが尽くすまいが結果は同じ。

頑張っても第一志望の会社には入れなかったし、一生懸命やっていても下にはどんどん抜かれていった。

才能のない自分は置き去りにされる。

いつの間にか、それがみゆりのスタンダードになっていた。

だから東京時代の彼女であれば、あいすみませんと形だけ頭を下げたその数分後には、すっかり記憶槽から消してしまっていただろう。

そうならなかったのは、

「本気でやってるから……」

みゆりは内心で呟く。

自分だけでなく、さくらやイナンクルワの頑張りまで否定されたように思えてしまったのだ。

なによりもそれが悔しい。

あんたに私たちの苦労が判るのかと言いたくなる。

「うつむいてちゃダメ」

ぐっと顔を上げて暖簾の先を睨み付けた。

「いける？　みゅり」

「おけ。切り替えた。前を見る」

口に出すことで悔しさを追い払う。

あるいは、甘えを切り捨てた。

「上出来。良い言霊《ことだま》よ」

に、とさくらが笑い、みゆりもなんとか笑みを作る。

悔しがってばかりもいられない。現状を分析して把握しなくては、善後策も思いつかないのだ。

たしかに、いまの『昭和湯』は、祖父のそれには遠く及ばない。

それはスマリ様に指摘されるまでもなく判っていること。

みゆり自身がハーブ薬湯に入っても、昔とはなんとなく違うと感じている。

「あしも、まだチカラは戻りませんしね」

軽く脱衣所を片付け、番台のあるロビーへと戻ってきたイナンクルワが言った。

定位置である女湯の脱衣所から離れたのは、やはり彼女もみゆりのことを気遣ってくれているからだろう。

「ダメ女将だなぁ、私。仲間たちみんなに心配をかけてるよ」

反省しつつも、心配してくれる仲間がいることを嬉しく思う。

ともあれ、イナンクルワの言う通りで、仙湯に定期的に浸かって少しずつは回復してはいるものの、とても完調とはいえない。

ようするに、『昭和湯』が閉まっていたときに比較したら、ほんのわずかに好転している、というのが現在のイナンクルワの状況だ。

そしてそれは近隣のあやかしたちも同じだろう。

「百点満点中零点だったのが、五点か六点くらいまで上がっただけ。普通に赤点ゾーンよ」

「せめて、ここがちゃんと仙湯として機能すれば、もう少しは良くなるのですが」

「実際、おじいちゃんの頃ほどじゃないって、さっちんも言ってたよね」

女三人が口々に存念を口にする。

なにが違うのか、どうして違うのか、その解を探るため。

「まず、お湯の柔らかさが違いましたね。昔に比べたらずいぶんと尖っているように感じました」

色っぽい仕種で唇に人差し指を当て、言葉を選ぶようにしてイナンクルワが言った。

ふむとみゆりが腕を組む。

料理などで、味が尖っていると表現することはあるけれど、銭湯ではあまり聞いたことがない言葉だ。

「水質そのものが変わってしまったとか、そういうことなのかな？」

その姿勢のまま首をかしげた。

だとしたら個人レベルでどうこうできる問題ではない。

函館市水道局の範疇《はんちゅう》であるし、水道局に意見をいったところで解決には繋がらないだろう。水道水の塩素濃度を、まさか一個人の苦情で変えることなどできるわけがない。

軽く首を振り、水質の問題ではないと仮定する。個人ではどうしようもないことを大前提にしてしまっては一歩も先に進めない。

「となると、施設やサービスの問題でお湯の柔らかさが変わっている、って可能性もあるよね」

腕を組む。

この部分なら手をつけることができるかもしれない。

そして函館には、参考にするべき先達《せんだつ》がたくさん存在している。

「よし、湯の川温泉にいってみようか」

みゆりが提案をする。

湯の川温泉郷というのは、函館で最も有名なスポットの一つだ。

発祥は承応二年、最初の湯治場が開業したのが明治十九年。函館の歴史とともにあった温泉といえるだろう。

そしていまは、毎年百三十万もの人がこの湯の川温泉に宿泊する。

北海道の三大温泉郷に数えられる名湯を、一度きちんと味わっておくべきだし、お湯の柔らかさについてのヒントを探すだけではなく、ロビーの雰囲気や施設の充実ぶりなど、盗むべきポイントはたくさんあると考えた。

そもそもみゆりは、尖っているお風呂とまろやかなお風呂の違いすらわからないのである。

違いを知らなくては、正解に近づくこともできない。

「湯の川は霊泉じゃないわよ？　みゅり」

不思議そうなさくらである。

霊泉の守り手が普通の温泉を訪れても得るものはないだろう、と顔に書いてあった。

「うん。判ってる。でも霊力を上げるためにはお客さんの満足度が必要なんでしょ？　それなら知っておくべきだと思うんだ」

さくらの目を見ながら、みゆりが考えを語った。

ハーブ薬湯によって『昭和湯霊泉』の力は底上げされた。しかしそれは最低限の土台を作ったにすぎない。

イナンクルワのように消えかかっているあやかしが、ギリギリ命を繋ぐことができる程度のものだ。

さらなるベースアップのため、客の満足度を向上させるというのが重要な要素になる。

「だから、まずは比べてみる」

ぐっと拳を握るみゆり。

前に進むためには、踏まなくてはいけないステップがいくつもある。

気合いを入れるというのは踏み出すための一歩であって、実際的な解法とはいえない。

まずは現状をきちんと把握して、どこに問題点があるのかを探らないと。

みゆりも、さくらも、イナンクルワも、知らなすぎるのだ。

さくらはどうやれば霊泉が機能するか、きちんと知らないまま助けを求め、みゆりは見切り発車で『昭和湯霊泉』の守り手となった。

これで万事がうまくいくとしたら、むしろ奇跡だろう。

「あのとき、さっちんが現れなかったら、正直、私はまだ危機感を抱いていなかったと思う」

さくらと一緒にいられることで、みゆりの望みは半分以上が叶ってしまった。

だから、『昭和湯霊泉』が機能しなかったらさくらが消えてしまうのだといわれても、どこかピンときていない部分があった。

しかし、イナンクルワの憔悴ぶりを見たことで、本当に本気で「これはやばい」と認識したのである。

救わなくてはいけないのだと。

「すごく逆説的なんだけど、さっちんが救いの神だったんだよ」

「あしは『昭和湯』に救われましたけどね」

イナンクルワの微笑に、みゆりも笑みを返す。

「一緒に勉強しよう。さっちん」

「はい。女将さん」

◇

湯の川温泉郷にある温泉宿、『笑函《えみ》館屋』の創業は二〇一六年というから、長い長い歴史を誇る湯の川温泉のなかにあってはかなり新しい部類だ。

全二十六室というのも、けっこうこぢんまりとしているほうだろう。

けれど、シックで落ち着いたたたずまいと、もし自分が別荘を持つとしたらこんな感じにしたいな、という夢を体現したようなおしゃれさが、若い世代を中心に人気を集めている。

「ロビーやテラスも良い雰囲気ですねぇ。モダンな囲炉裏がまた小粋な感じです」

館内をぐるりと見渡し、イナンクルワがほうとため息を漏らす。

清潔で開放感があり、そして同時に小洒落た感じも演出されている。『昭和湯』と比較したら月とスッポンであり、どちらかを選べと言われたら、みゆりだって『笑函館屋』を選ぶだろう。

そのくらい差がある。

みゆりは、イナンクルワと連れだって前々から気になっていた笑函館屋を訪れていた。

さくらは家で留守番。

あやかしになっても猫は猫なので、霊力が吸えるわけでもないのにわざわざ大量の水のある場所には近づきたくない、というのが本人が語る理由である。

ゆえに、イナンクルワと二人きりだ。

「さくらさまから女将さんを奪ってしまいましたね。ちょっと申し訳ないです」

「温泉デートをしてるなんてばれたら、むしろ私の方がさっちんのファンに刺されそうだよ」

『昭和湯』で人気のあるのはさくらとイナンクルワだ。前者は愛らしい容姿で猫好きの人たちから、後者はその美貌と柔らかな物腰で男女を問わずに人気がある。

二人の人気が集客に繋がればなぁ、とは、常日頃からみゆりがいっている冗談だ。

「女将さんが刺されそうになったら、あしが身を挺して守りますよ」

「さっちん、格好いい……結婚して……」

ハリウッド映画みたいにポーズを決めるイナンクルワに、ぽっとみゆりが頬を染めたりして。

ツッコミ役のさくらがいないものだから、ボケ放題だ。

誰も彼女たちを止められない。

「ああ……これは良いですねえ。霊泉ではないですが」

「百パーセント源泉かけ流しは伊達じゃない、って感じよね」

並んで露天風呂に浸かりながら会話を交わす。

噴き出し口からちょろちょろと湯船に落ちるお湯が、まるで音楽のように耳をくすぐる。

遠くから響く潮騒と、空気にかすかに混じった海の香り。まさに湯の川温泉という風情だ。

どこをどう比較しても、やはり『昭和湯』とは比べものにならないが、そもそも比べるようなものでもない。

笑函館屋の立派さやおしゃれさは、どこか非日常のなかにある。対する『昭和湯』はどっぷりと日常だ。

毎日食べる家庭の料理とたまに行くレストランのご馳走、と表現してしまうと語弊があるが、目指すものが違うのだから比較の対象としてはおかしい。

もちろん、ロビーの清潔さや浴室の明るい雰囲気など、学ぶべきものや盗むべき点はたくさんあるけれど。

「どう？　さっちん。おじいちゃんのお風呂はこんな感じだった？」

「残念ながらまったく違いますねぇ。これはこれで素晴らしいお湯ですが、『昭和湯霊泉』の柔らかさとは別物です」

「そっか」

「あまりがっかりしてはいないようですね。女将さん」

「いきなり当たりのカードを引けるとは思ってないよ」

「不正解だと判っていて、さくらさまが来ないのも判っていて、それでも足を運んだのは、まさかあしを口説くためではないのでしょう？」

そう冗談を言ってくすくすと笑うイナンクルワ。

「読まれてたか」

「さくらさまもわかっておりますよ。きっと」

みゆりは肩をすくめる。

もとよりあやかしを出し抜けるなどと自惚れてたわけではない。

「他のお店のやり方を見ておきたかったのと、ちゃんとお礼を言いたくてね。さっちんに」

「お礼、ですか?」

「仲間になってくれたお礼と一緒に頑張ってくれてるお礼ね。ありがとう、さっちん」

お湯の中を移動して正面に回り、みゆりは深々と頭を下げた。

おそらく、さくらと二人だけでは行き詰まっていただろう。

もちろん、いまだに経営が上向いたわけではないし、スマリ様が「霊泉ではない」などと言ったせいで、ふたたびあやかしたちの足も遠のいてしまっている。

状況は予断を許さない。

しかし、それでも仲間ができた。苦楽……いまのところ苦しかないけれど、一緒に前に進んでくれる得がたい仲間だ。

百万の感謝でもまだ足りないくらい。

「それなら、あしにももう一度お礼を言わせてください。女将さん。危ないところを助けていただき、ありがとうございます」

笑いあう。

ちゃんと礼を述べるというのはけっこう照れくさいな、と、みゆりは感じていた。

「ボイラー室をみてみましょうよ。あるいは機材の不具合かもしれないし」

言ったさくらが、ぽんとみゆりの肩に飛び乗った。

笑函館屋に赴いた翌日のことだった。

学ぶべき点はたくさんあった。浴室と脱衣所を担当するイナンクルワにとっては、かなり参考になったことだろう。お湯が尖っているという現在の昭和湯の問題点に対する解法はわからなかったが、一本の麦すら収穫できなかったわけではない。温泉であれば良いという話ではない、ということが確認できたのだから。

いきなり正解にたどり着けるはずがない。ぴーんと都合良く天啓《てんけい》が降りてくるわけがない。ひとつひとつ、可能性を検証していくしかないとみゆりは思い定めている。

もちろん、それはそれとして笑函館屋は素晴らしかった。

まったく素晴らしい温泉だったし、風呂上がりに食べた函館牛乳公社の生乳を使ったソフトクリームも絶品、スパークリングワインも、函館美鈴珈琲が特別にブレンドしたコーヒーも、非の打ち所がないほどに美味だった。

それをテラス席で中庭を見ながら味わったのだから、ようするに素晴らしいひとときを過ごしただけである。

正直、テラスでソフトクリームを食べるためだけに赴くのも良いんじゃないかと思えるくらいだったけれど。

そして親睦を深めて帰ってきたみゆりとイナンクルワに、さくらが微妙に嫉妬した。

二人きりの時間を演出したのはさくら自身のくせに、家に帰って一時間くらいは、みゆりが話しかけてもつーんとそっぽを向いていたのである。

猫又になっても、やはり猫というのはツンデレなのだとみゆりは感心したものだ。

「不具合は、とくになかったと思うけど？」

さくらを肩に乗せたまま、みゆりはボイラー室に入る。

重油をひっきりなしに燃やしているため煤だらけで、お世辞にも綺麗とはいえない。

ここが昭和湯の心臓部である。

昭和湯のボイラーは二つあった。ひとつは現在も使っているもので、もう一つは使われていない。もちろんみゆりも二つあること自体は知っていたのだが、実際に目にすると圧迫感がある。

そして、普段使っている重油ボイラーには、べつに不具合などなかった。

「ということは、こっちのボイラーが正解ってことかぁ」

水の問題ではなく、施設やサービスの問題でもないとしたら、フラグメントの指し示す先は沸かし方という話になる。大袈裟《おおげさ》な仕種でみゆりは嘆いてみせる。

なにしろもう一つのボイラーでは、燃料が薪になるからだ。

オイルショックのとき燃料価格が高騰したため、このボイラーが導入されたのだと父から教わっている。

当時は銭湯も潤っていた、というより、町になくてはならない存在だった。函館市から充分な額の支援があったらしい。

そして時が経ち、原油価格は安定し、反対に木材価格が上がっていったことで、メインはふたたび重油のボイラーが使われることになっていった。

ただ、いつまた薪に戻る日がくるか判らないので、手入れは欠かさずにおこなわれていたし、定期的に使われてもいたという。

子供の頃、たいして使いもしない薪ボイラーの掃除をさせられて辟易したと父が語っていたものである。

「それにしても、いまどき薪だよ。薪。時代劇かって話だよね」

「とにかく実験してみるしかないわ」

「だね。明日でもホームセンターで薪を買って、沸かしてみようか」

さくらの言葉にみゆりが頷く。

嘆いていても始まらない。

しかし、女二人と猫一匹で薪を買いに行くのには無理がある。

かなりの力仕事な上に機動力すらないのだ。

炎天下のなか、歩いて薪を買いに行くというのは至難というより不可能だろう。

北海道に限らず田舎では自動車は必要不可欠で、みゆり自身も近いうちに購入しないとな、とは思っている。

けれど先立つものがない。

現実は厳しいと、陰日向《かげひなた》なく嘆いているほどだ。

ともあれ頼れるのは、自家用車を保有している父親、弟、倖人のうちの誰かということになる。

平日、父親は仕事だし弟は大学である。消去法の結果として、日中に身体が空いている倖人にみゆりは連絡を取った。

倖人はこころよく引き受けてくれた。

ただし、無報酬ではなく。ちゃんと見返りを要求してきた。

具体的には、『はこだて柳屋』のシュークリームである。

はこだて柳屋というのは函館の和洋菓子屋さんだ。市内に点在するいくつかのスーパーマーケットにもテナントとして入っている。

函館市民にとってはかなり慣れ親しんだ味だ。

ソウルフードのひとつだといっても、さほど言い過ぎではないだろう。

『いかようかん』という見た目がまるっきりイカのようかんも有名で、初めて目にしたらびっくりすること請け合いである。

「よし。ついでだし『ロマネスク函館』も買おう」

こちらは倖人にプレゼントするというより、自分で食べるためだ。好物なのである。

◇

そして翌日の朝、倖人が軽トラックで昭和湯にやってきた。

薪を買いに行くのに、たしかに普段のスポーツタイプの乗用車は使いにくい。それは事実だが、みゆりは目を丸くする。

「どうしたのそれ？」

「親父のだよ。相変わらずこれだから」

訊ねると、投げ釣りのジェスチャーを倖人がしてみせた。

くすりとみゆりが笑う。

「神主さん、変わってないねー」

「変わったさ。無理やり連れて行かれなくなった」

懐かしむみゆりに倖人が苦笑した。

子供の頃、やりたくもない釣りに付き合わされると嘆いていたものである。

ともあれ、おじさんの釣り好きが変わっていないなら、秋になったら大量の鮭をもらうことになるだろう。

そして、大量のイクラを漬けることになる。

思わずほくそ笑んでしまう。

北海道の沿岸地域には、イクラというのは買うものではなく自分で作るものだ考える人も多い。

みゆりの母も、インスタントコーヒーの空き瓶で三つも四つもイクラの醤油漬けを作る。

あげく最後は飽きて余らせるというのが、北海道あるあるだ。

そういう環境で育ったみゆりなので、東京でイクラの値段を見たときにはかなり驚いた。

旬の時期ならば一腹五、六百グラムで二千円もしないのに、五十グラムほどしか入っていないパックでそのくらいの価格だったから、まるでぼったくりのようだと感じた。

仕方がないので自分で作ろうかと考えたりもしたのだが、そもそも東京では生すじこもあまり売っていなかった。

「今年の秋はイクラ三昧だね」

「痛風になるぞ」

「本懐《ほんかい》なり」

助手席に乗り込みながら、倖人の言葉に笑っておく。

ホームセンターは昭和湯から車で五分ほどの場所にある。歩けない距離ではないが大量の薪を抱えての移動は難しい。

「どのくらいの量を買う予定なんだ？」

「じつは判らないの。ネットで調べても個人でやるドラム缶風呂に必要な量くらいしか載ってなくて」

首を振ってみせた。

車は産業道路から函館新道へと入り、遠く左手にホームセンターの駐車場が見えてくる。

「さすがに業務用のことまでは調べられないか」

「だから単純に掛け算ね。『昭和湯』の湯船は家庭用の三十倍くらいの広さだろうと想定して、必要な量も三十倍ってざっくりと」

男女一つずつ浴槽はあるのだが、構造的には繋がっているため一つと数えて問題ない。

もちろん人間の行き来はできないが。

「アウトドア系のサイトでは、二キロまでは使わなかったってのが多かったから、六十キロくらい買ってみようと思う」

「けっこう高いぞ？」

「そうみたい。一応値段も調べたけど」

倖人が運転する軽トラックが、スムーズな動きで、石川町《いしかわ》に存在する大きなホームセンターの巨大な駐車場へと左折する。

昨今のキャンプブームで薪の需要も増えているらしい。

しかもいまはオンシーズンだから、どこのホームセンターにもキャンプ用品コーナーが作られている。

「値段は一束で五百円くらいからあるんだね」

高いものだと千円近くするのもあった。

材木の種類によってかなり値段が違うようである。

おそらくこだわる人は、こういう部分にもこだわるのだろうが、みゆりとしては一番安いやつでまったく問題ない。

「一束は三キロってところか。六十キロなら二十束だな。けっこうな重労働だ。こりゃ」

ぼやきながら倖人が薪の運搬を始めた。

かさばるため、店員に積んである外まできてもらって数と値段を確認する。

大きすぎて、そのままではボイラーの釜に入らなそうな薪もあったので、ついでに勧められた鉈も購入しておくことにした。

鉈と薪で一万二千円ほどの買い物だ。

さすがに高すぎる。もしも薪風呂を営業でやろうとするなら、ホームセンターで仕入れるというわけにはいかないだろう。

一日あたりの燃料費に一万円というのは、客が支払う四百五十円の入浴料で考えると、ざっと二十三人分ほどにあたる。

受け取ったお金をすべて燃料費にまわせるわけではないし、施設の維持管理費や電気代など、計上しなくてはいけない経費はまだまだある。

どのくらいの客数があれば採算が取れるか、試算するだけで頭痛がしてくる。

しかも銭湯では、必要な時間だけお湯を沸かすというわけにはいかない。

開店から閉店まで、ずっと浴槽は適温を保っていなくてはいけないし、客は洗面台のシャワーも蛇口もお湯をたっぷり使う。

常にボイラーを燃やし続けた場合の薪の消費量はどのくらいになるのか、本当にやってみなくては判らない。

「きっつー……」

「がんばれぇ……」

みゆりと倖人は、二人してふうふう言いながら薪を軽トラックに積み込んでゆく。

「なまら汗掻いてきた。俺も薪風呂入って良いよな」

「もちろん。ぜひ入っていって。お風呂上がりに冷たい麦茶くらい出すから」

「ビールとかじゃないんだな」

「車でしょ。篠原くん」

「気分的には、代行を呼んでもいいくらいだ」

「わかる」

広い駐車場というのは、店舗と往復にもそこそこ歩かないといけない。運搬そのものはカートを使うものの、かなりの重労働だ。

そして仕事は薪を積み込んで終わりではない。へろへろになって『昭和湯』に帰着したみゆりたちを待っていたのは、今度は薪を下ろす作業と薪割りだった。

みゆりと倖人、今度はイナンクルワを加えた三人で、汗だくになりながら作業を進めてゆく。

もちろんさくらは応援しているだけだ。飲み物のひとつも持ってくることはない。

「さくらさま……っ！　役立たずにもほどがあります……っ！」

ぜーはー言いながらイナンクルワが苦情を並べた。

「猫又のくせに、人化《じんか》の術も使えないのですか……っ！」

猫又というのは、その優れた容姿で人間の男を誘惑して精気を奪うと伝承にある。人間の姿になれないというのずいぶんと未熟な猫又だ。

「人にはなれないけど、小さくなることならできるわよ」

小首をかしげながら言ったさくらが、どろんとマスコット人形ほどの大きさになった。

この大きさになれば、たとえばハンドバッグやポケットに入り込んで、ペット禁止の場所などにも行くことが可能になるなどといって。

「より戦力を低下させて……っ！　どうするんですか……っ！」

「さっちん。落ち着いて。落ち着いて」

ついに怒りだしてしまったイナンクルワを、みゆりがどうどうとなだめる。

一生懸命に働いているとき、なんにもしない人が横にいたらそれは腹が立つだろう。心理としては理解しやすい。

とはいえ、さくらの大きさでは、薪を一つ運ぶことすらできない。怒ろうが喚こうが戦力外という事実は一ミリも動かないのだ。

「甘いものでも食べて落ち着こう？ 私ちょっと柳屋さんまでいってくるから」

お菓子で機嫌を取ろうと試みる。

どのみち、倖人からリクエストがあったお菓子を買いにいかなくてはならない。

「ダメです……っ！ そんな汗まみれの木くずまみれの格好で……っ！」

すると、なんとみゆりまで怒られてしまった。

イナンクルワは、わりと身だしなみにうるさいのである。

「立花が気にしなさすぎだって説もあるけどな」

「むしろ、スーパー行くのにおしゃれしてどうするのよ？」

横から口を挟んだ倖人に、みゆりはべーっと舌を出した。ノーメイクに普段着で充分じゃないかと。

「いいから……っ！ お風呂に入ってからになさい……っ！」

「はあい」

『昭和湯霊泉』における水妖ミントゥチの立ち位置《ポジション》は、お母さんになりつつあるようだ。

薪割りを終え、薪ボイラーに火を入れて待つことしばし、ついに湯船が適温状態になった。

着火からの所要時間は一時間ほど。

重油ボイラーに比べると、やはり火力が劣っているため時間はかかる。

「女将さん。ハーブ抽出液、入れ終わりました。もういつでもいけますよ」

ワクワク顔でイナンクルワが報告する。

入りたくてたまらないという風情だ。

薪割りしていたときの不機嫌さはどこへやら、燃やし始めたあたりからずっとこの調子である。

「さちの気持ちも判るけれどね。人も入っていないのに、すでに霊泉の力のぐんぐん上がっているわ」

みゆりの肩に乗ったさくらが言う。

こちらも、期待感をたっぷりと含んだ口調だ。

「じゃあ、さっそくいただいちゃおう」

『おー！』

倖人、イナンクルワ、さくらが声を揃える。

薪で沸かしたハーブ薬湯、実食ならぬ実浴タイムだ。

「あふ……やばい……ねるこれ……」

そして湯船の縁に半身を預け、みゆりはだらりと身体を伸ばす。

結果は想像していた以上だった。

薪で沸かしたお湯が良い。霊力などを感じることができないみゆりにも判る。

本当に柔らかいのだ。

笑函館屋の源泉かけ流しの温泉とはまた違う良さがある。

成分としては、こちらはただの水道水なのだが。

いまならイナンクルワが言っていた、昭和湯のお湯は尖っているという意味が判る。

柔らかく包み込まれている感じが大変に心地良く、壁に描かれた函館山と函館湾に抱かれて、このまま眠ってしまいそうだった。

「どう？　さっちん」

「だいぶあの頃のお湯に近づいた気がします」

上気した顔でイナンクルワが答えてくれた。

憔悴しきっていた頃からみたら、本当に別人のように生命力に溢れている。

だからこそ、この残酷な事実を伝えなくてはいけないことが、みゆりはとても残念だった。

「でも、日常的に薪風呂をやるのは難しいと思うんだ」

「……ですよね」

ひとつには薪の値段だ。

ホームセンターで買うというのは営業として考えたら論外としても、燃料店から仕入れた場合、どのくらいの出費になるか。

三割ほど安く仕入れられると仮定した場合でも、現在の集客数ではかなり厳しいだろう。

そしてそれ以上に、労働力の問題がある。

今日は実験だからボイラー室を空にしているが、営業となればそういうわけにはいかない。

みゆりかイナンクルワ、どちらかがボイラーに張り付いて火加減を調節しなくてはならなくなる。

重油ボイラーのように燃料が自動的に供給されるというものではないのだから、手作業で薪を焼《く》べなくてはならない。

現実をみれば不可能だ。

番台はどうするのか、浴室や脱衣所の清掃や整頓をどうするのか。

「なんとか燃料費を捻出して、せめて月に一回くらいは薪風呂をやりたいけどね。気持ちいいし」

みゆり自身が入りたいという思いもある。

もちろん従業員が入浴するのは、営業終了後ということになるが。

ただ、いかに燃料費を作ることができたとしても、人手不足の問題はいかんともしがたい。

「問題が山積みすぎて、一山いくらで売れそうだよ」

「女将さん。そういうことでしたら、昭和湯のスタッフとして改めて祭さんを紹介したいのですが」

イナンクルワが真剣な顔をこちらに向けた。

「祭さん？　なんで？」

スマリ様と一緒に来たあやかしの女性である。

しかしみゆりは祭に関して、どういう類のあやかしかも知らない。

スマリ様に関してはさくらと少し話したが、祭に関してほとんど話題にものぼらなかった。

言葉は悪いが印象としては、お付きの人、という程度のイメージである。

「炎の扱いに長けたあの方なら、女将さんの役に立つかと」

「さっちんがそういうなら信じる。よろしくお願いします」

大きく頷く。

どういう種類のあやかしかとか、どんな能力があるのかとか、詳しくは訊かない。

そんな必要もない。

イナンクルワが『昭和湯霊泉』に祭の力が必要であると思ったならば、事実として必要なのである。

一グラムの疑問も、みゆりは抱かなかった。

「少しくらいは疑っても良いんですよ？　あしたちあやかしは、必ずしも人間の味方とは限らないんですから」

「仲間だってだけで、信用するのに充分な理由だよ。そもそも信じられない人を仲間にしないでしょ」

たまたま同じクラスになっただけの同級生ではない。

偶然同じ会社で働いているだけの同僚でもない。

ともに同じ未来を目指して歩こうと手を取り合った仲間である。

利害関係しかない取引相手ならば裏を疑うということもあるだろうが、信頼する仲間の言葉を疑うのは筋が違う。

みゆりがそう考えるようになったのはさくらや倖人と再会してからである。

「相変わらずの大度《たいど》ですね。惚れ惚れします」

「さくらに言わせると、図太いってことになるんだろうけど」

くすりと笑みを交わしあった。

イナンクルワの話によると、祭は森町《もりまち》に住んでいるキムナイヌという種族らしい。

「火の扱いと細工物の腕に関しては、そうそう右に出るものはいないと思いますよ」

イナンクルワが太鼓判を捺す。

お風呂から上がり、倖人と一緒に美原のスーパーマーケットに入っているはこだて柳屋までお菓子を買いに行き、皆でおやつタイムだ。

母屋の居間は風通しが良く、ベランダを網戸にしておけば爽やかな風が入ってくるため、エアコンなどは必要ない。

みゆりの子供時代の記憶にハーブの爽やかな香りが混じるのは、家庭菜園に植えてあったからだろう。

雑草だらけだったそこは、毎日少しずつ手を入れてようやく少しは畑らしくなってきた。

来年にはかなりまとまった量が収穫できるだろうとみゆりは目算を立てている。

「森町ねえ……。ほんとにあやかしってどこにでもいるんだな」

冷たい麦茶で喉を湿らせて倖人が言う。

この前は居合わせなかった彼は、祭にもスマリ様にも面識はない。

だよねー、と、みゆりは内心で同意した。

さくらが戻ってきてからというもの、みゆりの常識はすっかり変わってしまっている。

真面目な委員長タイプだったあの子が、夏休み明けにはすっかりギャルになってしまったような感じかな、とくだらないことを考えたりして。

「いいえ。倖人さん。キムナイヌはあやかしではなく山の神、キムンカムイの眷属です。人間たちに交じって暮らしているんですよ」

「……ちょっと、待ってくれるか。さっちん」

右手の人差し指を眉間のあたりにあてる倖人だった。

座テーブルの斜め向かいについているみゆりも軽く首を振る。

イナンクルワは、キムナイヌが人間に「交じって」暮らしていると言った。

普通は不可能だ。日本語を話す猫も、歳を取らない美女も、人間の中では目立ちすぎる。協力者が必要なのは自明だろう。そしてそれは一定以上の地位にあるものということになる。

「庶民じゃ匿うっていっても限界があるし」

難しい顔をするみゆり。

いずれさくらやイナンクルワのことが人間たちに露呈してしまう、という可能性に思い至った。

森町で妖怪が出たとか騒ぎにならないのは、町の幹部がそういう存在についてちゃんと認識して、うまく隠しているということだろう。

「さすがにちょっと説明が必要よね」

座テーブルの下に置かれた猫用のミルクを舐めていたさくらが、とことこと近づいてきた。

「森町というのは少し変わった場所なの。もちろんそれは、町《ちょう》ではなく町《まち》と公称する北海道唯一の自治体である、という意味の変わっているではないわよ」

「それはそうでしょうよ」

どうでもいい前置きをするさくらの頭を、なでなでとみゆりが撫でる。

「彼《か》の地はね、北海道の大地の力が集約されている場所なのよ。だから神の眷属が直々に守っているし、人間たちもそのことを知っているわ」

「大地の力て……そうか、濁川《にごりがわ》の地熱発電所か」

閃いた、という顔で倖人が口を開いた。

「そう。それもそのひとつね。良い勘してるわよ。ゆき」

さくらが頷いてみせる。

濁川温泉郷に存在する森地熱発電所は、日本でも八つしかない地熱エネルギーを利用した発電施設で、北海道では唯一のものだ。

稼働を始めたのは昭和五十七年。自然エネルギーの重要性などというものが叫ばれるよりずっと前から、大地の力を電気に変えてきた。

「すごいよね。そんな昔からやってるなんて」

ふーむとみゆりが感心する。彼女のなかでは、自然エネルギーがうんぬんという話はここ十年くらいという認識だ。

「それだけじゃないわ。森には金鉱脈もあるし石油も出るのよ」

『は？』

みゆりと倖人が声をハモらせて間抜け面をした。

くすくすとさくらが笑う。

石油に金。それはまさに富の象徴である。

しかし、みゆりの知識にある森町は、どこにでもあるようなありふれた漁師町のはずだ。

「鷲ノ木《わしのき》地区に湧出《ゆうしゅつ》していた原油は、採算ラインには遠く及ばなかったわ。けど、タールを使った防腐加工には使われたの。明治のことで、そのときの桟橋跡がいまだに残っているわ」

「ていうか、さくらの博識ぶりに驚愕だよ。ホントに猫なの？」

「猫又よ。生まれ出《い》でるときに、この世の理《ことわり》のほとんどは獲得してるわ」

むっふー、とさくらが胸を反らす。

「そのわりには人化の術も使えない……」

「うっさいにゃ！」

余計なことをいったみゆりの手を、さくらが二本の尻尾でべしべしと叩いた。

ともあれ、百五十年も昔に作られた木製の桟橋が、一部だけとはいえ今もなお残っているのだという。

「金鉱も昭和十七年に軍の命令で採掘がストップして、それっきりね」

「……いや、それはおかしくないか？」

半ば挙手するようにして、倖人がさくらの話を遮った。

「北海道の大地の力が集約されて、採算が取れない程度なのか？」

かなり本質的な質問である。

みゆりも少し違和感をおぼえていた。

どうして軍が金の採掘をやめさせたのだろう？　軍隊など金食い虫なのだから、資金はいくらでも必要だっただろうに。

なぜ採掘を中止する必要があった？

もし仮に必要があったとして、どうして再開発しなかった？

「季一郎《きいちろう》さまは、北海道を政争の中心地にしたくなかったのですよ。だから森町のことを隠したのです」

ぽつりと呟いたイナンクルワの表情が、懐かしげに、そして切なげに揺れた。

樋口《ひぐち》季一郎中将が北海道に本拠地をおいた北部軍の司令官で就任したのは、まさに金鉱の採掘がストップした昭和十七年だと説明する。

「全然知らない人だよ」

「でしょうね。あまり有名な方ではありませんから」

「それでも、たとえ世間の人に知られていなくとも、きいちろうは人道の将だったのよ。なにしろ彼が指揮する部隊では、捕虜《ほりょ》の虐待《ぎゃくたい》なんて一度も起きなかったんですって」

イナンクルワの後を引き継ぐようにさくらが説明を続ける。

日本が無条件降伏した後に南下してきたソビエト軍に対し、樋口は徹底抗戦を指示して北の大地を守り抜いた。もし彼がいなければ、北海道そのものも北方四島のように奪われてしまった可能性が高いのだという。

「なんていうか、俺たちよりさっちんやさくらが詳しいのは、なんだかなって思ってしまうな」

「以下同文よ」

倖人とみゆりが揃って両手を上げた。

北海道に住んでいても、案外北海道のことについて知らない。

「で、その樋口季一郎が、森町にある資源は隠すべきだと判断したってことか」

「そうよ。ゆき。世界経済をひっくり返すほどの石油や金が北海道に眠っているんだと人間たちが知ったらどうなるかって話ね」

さくらが器用に肩をすくめてみせた。

「なるほどね。そこで森町は特殊って話に繋がっていくわけね」

得心したみゆりが大きく頷く。

独占しようと人間が押し寄せ、奪い合いや殺し合いに発展するかもしれない。下手をすれば外国が侵攻してくる可能性だってあるだろう。

「そうさせないためにも、森町はありふれた田舎町である必要があるんですよ。人間たちが注目しないように。そのかわりキムナイヌたちが街に住み、さまざまな恩恵を与えています」

たとえば、両隣の七飯《ななえ》町と八雲《やくも》町に比較して圧倒的に雪が少ないとか、水産資源や山の恵みも豊富だとか。

木炭の生産量は全道トップクラスで、トマトやカボチャなどの生産量も道内有数だということも恩恵のひとつなのだという。

「知らなかった……こんな近くに住んでるのに」

「宣伝してないからね」

うめくように言ったみゆりに、さくらが仕方のないことだと尻尾を振ってみせた。

農業王国、漁業王国、林業王国の北海道の中にあって、間違いなく上位ランクに入る生産力があるのに、誇るでも宣伝するでもない。

それが山の神、キムンカムイと森の神、シランパカムイに愛される土地、森町なのだという。

もちろん代々の町長も、一部の町民たちも、山の神の眷属であるキムナイヌたちが町に暮らしていることを知っている。というより、普通の人間よりはるかに長命な彼らに、人間はさまざまな便宜を計っているのだとイナンクルワが説明した。

「定期的に死んで孫に入れ替わってもらったりなどですね。あくまでも戸籍上のことですが」

「それって公文書偽造じゃない」

みゆりが呆れる。

生まれてもいない人間を生まれたことにして、死んでもいない人間を死んだことにする。国勢調査の上では増えてもいなければ減ってもいない。

そんな無茶がまかり通るのは、町ぐるみで神の眷属の存在を隠しているからだ。

「べつに珍しい話ではありませんよ。女将さん。たとえばこの国の為政者《いせいしゃ》たちは、あしたちあやかしの存在をちゃあんと知っています」

「知らぬは平民ばかりなりってね」

くっくっくっ、と、さくらが自分では邪悪だと信じている表情を作った。

みゆりとイナンクルワが、可愛いと目を細める。

「むしろ興味が出てきたな」

倖人が右手で顎の下あたりを撫でた。

でたなーと、みゆりは微笑した。

面白いことや気になることに直面すると、不敵な笑みとともに顎を撫でる。

昔からそうで、むしろこちらの方が、さくらよりずっと邪悪な雰囲気だった。

「私も興味出てきた。今までは素通りしていただけだけど、そんな面白い場所が近くにあったなんてね」

森町に住むキムナイヌの吉住祭。

友となるか、敵となるのか。

内心でちょっと格好いいナレーションを入れてみるみゆりであったが、実際のところは友となってくれないと非常に困る。

◇

倖人が運転する青いスポーツカーが森町を目指して国道五号線をひた走る。

函館からの距離は五十キロほどで、だいたい一時間程度の行程だ。

「本当に何から何までお世話になっちゃって」

「いいって。俺としても友達と遊べる時間は増やしたいしな」

感謝しどおしのみゆりに、倖人が明るく笑う。

なんと彼は昭和湯の定休日に合わせて自分の店も木曜定休に変えてくれていた。

「車出してくれてありがとね。お礼に花瓶とかプレゼントするから」

「うん。そんなのいらない」

「じゃあ洗剤の詰め合わせとか」

「お中元か？」

「仕方ないなあ。肩たたき券をあげるよ」

「お前は小学生か。そして俺はお父さんか？　もうちょっと大人の男が喜ぶようなものをくれ」

「それなら、やっぱり花瓶かな」

「立花の中では、大人の男というは花瓶をもらって喜ぶ生物なのか……」

馬鹿話を楽しんでいるみゆりと倖人に、後部座席のイナンクルワが提案した。

「お二人とも。森町に入ってすぐ、赤井川《あかいがわ》で手土産を買っていきませんか？　祭さんは、たいそう肉が好きですので」

伝承においてキムナイヌは大のタバコ好きであるとされ、山で出会った場合には火のついたタバコを差し出すと、荷物を持ってくれたり麓まで案内してくれたりする。

「最近は畜産に加護を与えているとのことです。自分たちも食べたいからではないかと、あしは疑っておりますよ」

自由すぎる。

思わず、みゆりは笑ってしまった。

「さっちん。赤井川っていうと『ひこま豚』か？」

「ご名答。さすがに倖人さんは鋭い」

「やっぱりな。あのうまさは神の加護があるっていわれても納得できる」

「え？　なにそれなにそれ？」

なにやら知っているらしい二人に、みゆりが詳しい説明を求めた。

美味しい食材だというなら、なおさら興味津々である。

「立花はしばらく北海道を離れていたしな。知らなくても無理はないけど」

森町のブランド豚『ひこま豚』は、創業者である日浅《ひあさ》氏が、駒ヶ岳の山麓で育てた豚。日浅氏の『ひ』と、駒ヶ岳の『こま』をあわせて『ひこま豚』である。

かつて森町内には彦澗《ひこま》という地名が存在していたというが、それとはまったく関係ないらしい。

「初めて食ったとき、思わず、うまいって呟いちまったな。テレビの食レポなんか九割がたは演技だろうと思ってたんだけど、本当にうまいものを食ったら、言葉って勝手に出るもんなんだな」

肉質はきめが細かくジューシーで、柔らかいのにしっかりとした歯触りで、しかも脂身がまろやかでほんのり甘いという。

「食べたい！　食べたい！　大事なことだから二回いったよ！」

助手席のみゆりが挙手して宣言する。

「そう言うと思った。手土産を買うついでに昼飯にするか」

「そうですねぇ。まつりさんには豚肉のザンギを一キロも買っていけば満足するでしょうし」

さらっとイナンクルワが言うが一キロとはなかなかだ。

ザンギというのは、本州でいう唐揚とだいたい同じものだが、北海道では分けて考えられる。とはいえ、違いは誰にも判らない。

ちなみにザンギの発祥地は釧路説と函館説があるらしい。

「うっま！　この豚丼すごいおいしい！」

「だろ？　俺のとんかつも一切れ食うか？」

「まじ？　篠原くん愛してる！」

「やっすい愛だなぁ」

きゃいきゃいと騒ぎながらの昼食だ。

まるでデート中のカップルのようだが、イナンクルワが横で一緒に食べているし、バッグの中には小さくなったさくらが忍び込んでいる。その上、三人ともがつがつ食べているため、色っぽさは皆無だ。

箸を止められないのである。

まず脂がまったくしつこくない。

豚のうまみとは脂のうまみだとはいうが、これほどおいしい脂をみゆりは他に知らない。

脂身だけ焼いて食べてもかなりおいしいのではないだろうかと思えるほどの豚肉だ。

「脂身を刻んで炒めるじゃん。長ネギとかと一緒に。じゅわっと油が出てきたところにタマゴとごはんを投入して炒飯にするってどう？」

「それはきっと悪魔的にうまいな」

みゆりがふと思いついて料理のアイデアを披露すると、倖人がうむと唸った。

「今度、作ってあげようか？」

「おお……神様仏様みゆり様……」

大袈裟に拝む倖人に、ぷっとみゆりが吹き出した。

頼んでおいた豚肉のザンギが運ばれてきた際に、少し脂身を分けてもらえないか、とさっそく倖人が交渉を始め、ふたたびみゆりは吹き出してしまう。

行動力ありすぎ。

「あと、このザンギいい香りすぎ」

食べたばかりなのに、お土産なのに、ちょっとつまんでみようかなという邪念がみゆりのなかで鎌首をもたげた。

「一個くらい食べても判らないかな？」

「お前は何を言ってるんだ」

倖人に叱られ、必死に抗《あらが》いながら店を出る。

「またこよう。そして次は、オーダーカットステーキを食べるんだ」

決意表明だ。

それはひこま豚の好きな部位を好きなだけ焼いてくれるというエキサイティングなメニューだという。

霜降りのリブロースを四百グラムと、極上の柔らかさのヒレ四百グラムを、合わせてむさぼり食べてみたい。

「さすがに太るぞ」

「本懐なり」

「お前の本懐は、いったいどこにあるんだ？」

この前はイクラを食べるのが本懐だったじゃないかと倖人が両手を広げる。

本懐というのは、生涯の野望くらいの意味だ。

太るぞといわれて本懐だと答えたのでは、ステーキを食べ過ぎて太るのが生涯の野望ということになってしまう。

「細かいことは気にしないの」

「立花が大雑把すぎると思うんだけどな……」

「みゅりとゆきを足して三くらいで割ったらちょうど良いかもしれないわね」

バッグの中からさくらが適当なことを言い、みゆりは首をかしげる。

「二で割るんじゃないの？」

「原酒のままじゃ飲めないからね。少し水で薄めないと」

「ひっど！」

さて、ふたたび走り始めた乗用車は、二十分ほどのドライブで市街地に入った。

「森町かあ。町の中に入るのは初めてかも」

みゆりは呟き、左側を通り過ぎていった町役場をちらりと見た。

そこで働く町長や町幹部は、神の眷属が町に住んでいることを知っており、彼らのためにさまざまな便宜を計っているのだという。嘘のような本当の話だ。

「倖人さん。そこの路地を左です」

後部座席から身を乗り出して、イナンクルワがナビゲートをする。

出発前、助手席に座ればいいのにと提案したが、そこは死亡率が高いので女将さんにお譲りします、と、意味深に笑顔を返された。

到着したのは本当にありふれた普通の住宅だった。

表札にある文字はたしかに吉住と読める。

呼び鈴を押し、待つことしばし。

ドタドタと景気の良い音がきこえ、誰何《すいか》の声もなく扉が開いた。

「あー、女将。こないだは悪かったな。微妙な空気にしちまって」

開口一番の謝罪。どうやら祭の方でも気にしていたらしい。

「話はわかった。あたいの力が必要だってんなら、貸すのはやぶさかじゃない。サチ公の紹介も、こないだの借りもあるしな」

お土産の豚ザンギをつまみながら懇請を聴き終えた祭が頷いた。

元のサイズに戻ったさくらとみゆりが視線を交わし、ほっと息を吐く。

普通に考えたら、ふざけんなと怒られても仕方がないような労働条件だからだ。

まず給料が出せない。

人間相手ならこの時点でアウトだ。

仮に充分な報酬を用意したとしても、過酷を絵に描いたような銭湯の裏方仕事など受けてくれる人は滅多にいない。

しかし、キムナイヌというのは神の眷属だから、人間の願いごとを叶えてやることに喜びを感じるのだと、みゆりは事前にイナンクルワから説明を受けていた。

神様とあやかしでは、ありようも考え方も、けっこう違うものらしい。

「森町に住んでると気づかないけど、昭和湯霊泉の消滅は北海道全体の問題でもあるしな。この島に住む神のハシクレとしても座視《ざし》はできねえべや」

祭の宣言に、こくりとイナンクルワが頷く。

「ええ。温根湯《おんねゆ》霊泉だけでは、この島にすむあやかしたちの霊力はまかなえないですからね」

「ゆうて、江差《えさし》霊泉はじめ、各地の霊泉もなくなって、一番新しい昭和湯霊泉まで消滅するとなると、もしかすると滅びこそが地球の意志かと思うこともあるけどな」

「だとしても、おとなしく滅びるほど、あしは諦めが良くありませんから」

祭とイナンクルワがシニカルな笑みを交わし合った。

「霊泉の霊力って、あやかしが浸かると減っていくものなの？」

それを見ていたみゆりが訊ねる。霊泉が減っていくのはどうしてなのだろうと疑問が湧いたのだ。

「いや。まったくそういうモンじゃねーんだけど、けっこう頻繁に生まれたり消えたりするんたよ。地球の気まぐれでな」

「頻繁といっても、タイムスケールは百年単位ですけれど」

「で、ここしばらく北海道の霊泉は消えてくばっかりだったのさ」

「いま残っているのが、北見にある温根湯霊泉と昭和湯霊泉の二つきりなのですよ。女将さん」

口々に説明してくれる祭とイナンクルワ。

絶妙なコンビプレイに戸惑いつつもみゆりは頷いた。

「なるほど……」

息ぴったりである。

一つが道南でもう一つが道東。北海道全域をカバーするには少なすぎるし、距離が開きすぎだ。

たとえば札幌に住んでいるあやかしたちは大変に苦労しているだろう。

札幌から函館までは二百六十キロ。名古屋と甲府くらい離れているのだ。札幌から北見はもっと遠くて三百二十キロもある。どちらも簡単に日帰りできるような距離ではないし、土地に縛られるタイプのあやかしは、そもそもそんな長距離を移動できない。

この状況で昭和湯霊泉が消滅してしまったら、さくらとイナンクルワは間違いなく消えてしまうだろう。

これを避けるということは、みゆりにとって全力を尽くすのに充分すぎるほどの理由だ。

一年のうちに黒字にして経営を安定させ、同時に霊泉として完全に機能させる。難題ではあるがやり遂げなくてはならない。

昭和湯霊泉の新しい守り手として。

それにしても、と、みゆりは思う。

昭和湯がいつから霊泉だったのかわからないが、それをずっと維持して存続させてきた祖父はすごい。

ちゃんと知識やノウハウをもらい、はやめにあとを継がせてもらえば良かった。

「ちなみに、森町にいると気づかないというのは？」

半ば挙手するようにして倖人が質問した。

「そいつは簡単な理屈だぜ。倖《ゆき》の字《じ》。森町はいつだって神気《しんき》に溢れてるからな。ここの神気がなくなるのは、この島が沈むその瞬間だろうさ」

　他の場所で霊脈が乱れようと、霊泉が消滅しようと、まったくといって良いほど影響がないため、変化に気づきにくいのだそうだ。

「倖の字……」

　そして説明された事実より、妙な呼ばれ方のほうに、倖人が目をぱちくりさせる。

　時代劇のような呼び名だ。

　なんか可愛いかも、と、みゆりはすごく余計なことを考えてしまう。

「けどよ、女将。勝算は立ってるのかい？　雄図《ゆうと》と無謀はベツモンだぜ？」

　みゆりへと視線を移し、祭が言った。


　自動車を祭の家に預かってもらい、徒歩で町の神社へと向かいながら、みゆりは腕を組んだ。祭に勧められ、スマリ様と会うことにしたのだ。

　結局、自分たちだけであれこれ頭を悩ませても、独りよがりになってしまいがちだ。

　なぜスマリ様は昭和湯を霊泉ではないと言ったのか。なぜ祭は必要としていない霊泉の力を、スマリ様は必要としているのか。

　そういう部分を知らなくては正解には辿り着けない。

「スマリ様はこの街の神気では回復できないって言ってたけど、それはどうしてだと思う？」

「和人の神だから、力の根源が違うってことか」

みゆりの問いかけに倖人が応える。

アイヌの神やあやかしなら森町にいるだけで回復できるし、そもそも消耗すること
もないらしい。祭がそうであるように。

「でも、スマリってのはアイヌ語よね」

「キタキツネって意味だったかな？　たしか」

もつれた糸を解きほぐしてゆく名探偵のように、自身の下顎のあたりを倖人が撫
でる。

「スマリ様ってのは実際のところは稲荷神だけど、仲の悪いアイヌの神との距離を縮
めるためにアイヌ風の名乗りをしていると見た」

「まったく違いますよ」

「がーん」

倖人が披露した推理は、イナンクルワに一言で切り捨てられた。

とんだ迷探偵である。

変なポーズをしている倖人をみて、くすくすとみゆりが笑った。

稲荷神というのは、もともとは倉稲魂命《うかのみたまのみこと》という女神だ。

商売繁盛や五穀豊穣《ごこくほうじょう》など、人間にとって大変に都合の良いものを司っているため、広く日本中で祭られてきた。

一般にお稲荷様というと、女神の倉稲魂ではなく使いであるキツネを想像する人が多いだろう。

このキツネが、チロンヌプカムイ……つまりキタキツネを神格化するアイヌ伝承と結びついた。

そしてアイヌの発想では善の顔しかない神、カムイというものは存在しない。だからスマリ様はアイヌの地で奉られた時点で、人間にとって都合の良いものだけを司る稲荷神ではなくなってしまったらしい。

「ふーむー、わかったような、わからないような」

イナンクルワの解説にみゆりが首を捻った。

和人の神とアイヌの神が結びつく、というのがうまく理解できない。

なぜなら、アイヌの歴史というのは、そのまま和人からの迫害と弾圧の歴史だったからだ。

有名なのはアイヌ勘定と呼ばれる数え方だろう。

それは、文字を持たず、算術というものとも無縁であったアイヌを騙すためのテクニックだ。

簡単にいうと、十という数字をカウントするとき、一の前に「始まり」、十のあとに「終わり」という、謎の単位を入れる。

ようするに十二なのに、アイヌの人々にはそれが判らない。

松前藩の役人などは、年貢を徴収するときにこの方法で二割も多く奪ったという。

文字を持たないこと、算術を理解しないことを、和人たちは大変に馬鹿にして、長年アイヌを劣った人種であるとしてきた。

しかもそれは最近まで続く。

自然を崇拝するという、和人とは異なった文明論を持った、素朴で嘘のない民族なのだと国会で語られたのは、平成二十一年のことである。

そして、彼らアイヌが先住民族であると明記した『アイヌの人々の誇りが尊重される社会を実現するための施策の推進に関する法律』、通称『アイヌ新法』が施行されたのは令和元年。

江戸時代から交流があったのに、国としてアイヌの文化をきちんと認めたのは、ついこの前といっていいほどなのだと、みゆりは新聞で読んだ。

じつはそれまでよく知らなかったのだ。恥ずかしながらね、と苦笑を浮かべる。

和人であるみゆりはそんなもんだが、差別され抑圧されてきたアイヌの側が、簡単に和人の神を受け入れたというのがよく判らない。

「難しく考えなくて良いと思いますよ、女将さん。稲荷神とチロンヌプカムイがひとつになって、スマリ様という新しい神が生まれた。そんな解釈で大丈夫です」

穏やかにイナンクルワが思考停止を提案する。

「ん、そうだね。ありがとうさっちん」

仲間の配慮によって思考の迷宮から脱出したみゆりが小さく笑ってみせた。


オニウシ神社。

古ぼけた鳥居に書かれた文字はそのように読めた。

「なんか変わった名前だね」

みゆりは思わず呟いてしまう。

イナンクルワの話ではオニウシというのは日本語ではなくアイヌ語に由来しているのだという。意味としてのオニウシとは森のこと。より正確に表現するなら、木がたくさん茂っているところ、というほどの意味となるらしい。

アイヌ語と日本語を混ぜた名前だったから、みゆりは不思議な感覚をおぼえたのだ。

「名前以外は普通だな。稲荷神社なのに狛犬《こまいぬ》がいるけど」

ぐるりと境内を見回して倖人が苦笑する。

「神社に狛犬がいるのは当たり前じゃない？」

「稲荷神社にいるのは、狛犬じゃなくて狛狐《こまぎつね》だよ」

「そうなの？」

生家が神社のため、本職の神主などには遠く及ばないものの、倖人にはわずかばかり神道《しんとう》に関する知識がある。

「犬なんて本能的にキツネを追いかけ回すからな。そんなもんがいたら、稲荷神は使いのキツネも放てないだろ？」

「詳しい。さすがサイキックバトルアニメの主人公」

出合い頭にさくらを祓《はら》おうとしたことを遠回しにからかう。

「よし。次にそれ言ったら無言で蹴る」

「無言はやめて。言ってからなら OK だけど」

「OK すんな。もうちょっと自分を大切にしろ」

きゃいきゃいと騒ぎながら参道の端を歩いて本殿へと近づいてゆく。

真ん中は神様の通り道だから歩いてはいけないというマナーに沿った行動なのだが、なんとなくスマリ様はそういうことをまったく気にしないようにみゆりには思えた。

神域なのに、そのくらいフランクな空気が流れているのだ。

コスプレして本殿で撮影などをしても怒らないような、そんな空気である。

「スマリさま。おいでになられますか？」

イナンクルワが本殿に向かって声をかける。

すると、奥から女性が現れた。

神々《こうごう》しい衣装などはまとっておらず、昭和湯を訪れたときと同様に、ごく普通の普段着のスマリ様だ。

外見は二十歳前後ほど、みゆりよりもやや年下に見えるが、神様に見た目の年齢は関係ない。

「皆の衆、よくきたな」

よく通る声が投げかけられる。

ほんの少しだけ苦手意識が首をもたげるのを、みゆりは自覚した。

先日、厳しいことを言われたからだ。

しっかりしろ、気圧《けお》されるな、と、内心で自分を叱咤《しった》して弱気の虫を蹴り飛ばす。

「先日ぶりです。スマリ様。あなたがなにを求めているのか、知るためにお邪魔しました」

ぐっと丹田《たんでん》のあたりに力を込め、一息に言い放った。

「敵地に乗り込んでの情報収集、強行偵察というわけじゃな。その意気やよし」

にやりと笑ったキツネ神が一行を本殿に差し招いた。

自分で敵地などと言ってるくせに普通に歓迎ムード。昭和湯を訪れたときより、はるかに好意的な印象だ。

「そちたちも予想しているじゃろうが、わしは弱っておる。神力《しんりき》不足での」

白木造りの本殿の中で車座に座れば、ややけだるげにスマリ様が口を開き、彼女自身の状態を説明した。

和人の神とアイヌの神が混じって生まれたスマリ様は、森町に満ちているアイヌの地の神気を半分しか取り込むことができないため弱ってしまっているのだという。残り半分は霊泉などから取り込まないといけないのだ。

「それでもわしはこの地でわずかでも回復できるがな」

「アイヌのあやかしや神以外は、ここじゃダメってことですか」

スマリ様の言葉をみゆりが噛みしめる。

最悪の場合、イナンクルワは森町に逃げ込めば長らえることができる。これだけは朗報といって良いだろう。

しかし、『昭和湯霊泉』がきちんと機能できていない今、北海道の西半分に住んでいるアイヌ由来ではないあやかしや地域神は、回復の手段がなくてかなり酷いことになっているということだ。

「昭和湯霊泉復活の報に触れたわしは、救いの神が現れたと喜んで昭和湯に赴いたわけじゃな。結果は、そちたちも知っての通りじゃ」

「ご期待に添えず、申し訳ありません」

みゆりは丁寧に頭を下げた。霊泉の守り手として、申し開きのしようもない。

「恥を承知でお訪ねしますが、スマリ様は昭和湯霊泉復活の解法をご存じですか？」

そして率直に訊ねる。

本当はスマリ様の話を聞くだけでも良いと思っていた。それを参考にして、またトライアンドエラーを繰り返そうと。けれど、そんな悠長なことをいっている状況ではないことを悟った。

答えは自分で見つけるもの、などと格好をつけている間に、どんどんあかやしが消えていっているかもしれない。

それを回避するためなら、頭くらいいくらでも下げる。

「自ら不明を認めるとは、みゆりはなかなかに聡い娘じゃな。そうじゃのう、数字で言うのが判りやすいかの」

そう言い置いて、スマリ様はイナンクルワの例と比較しながら説明を始めた。

みゆりは軽く頷き真剣な表情で聞き入る。

ミントゥチの場合は、もうほとんど霊力が枯渇しかかっていた。

残量でいうと五パーセントを下回っており、いつ電源が落ちてしまってもおかしくない状態だった。

「そこからハーブ薬湯で三十パーセント弱まで回復したわけじゃ。対してわしは、四十パーセントほど残っておるからな」

「四十プラス三十で七十、とはならないんですね？　スマリ様」

「然り。そう簡単な話ではないのじゃよ」

対象が現在もっている霊力を超える力を注ぎ込まなくては回復はしない、と、そういうことのようだ。

「しかも、神やあやかしによって霊力のキャパシティは異なるからのう。ミントゥチの三十パーセントとわしの三十パーセントはイコールではないのじゃ」

複雑で、しかも厄介な問題だ。

そしてそれ以上に、まるでスマートフォンの充電状態のように話すスマリ様への違和感がすごかった。

神様がパーセントなんて言葉を使うのは、ちょっと新機軸すぎる。

先日のタンデムといい、想像の斜め上をいくなあと、みゆりは半ば感心した。

「これが、わしが与えられるヒントじゃな」

「答えじゃないんですね」

少しだけ落胆する。

頭を下げたから簡単に正解がもらえる、と思っていたわけではないが、もうちょっとサービスしてくれても良いと思う。

「神は正答を与えたりせぬよ。とっかかりは与えてやるがの」

「自分が弱って困ってるくせに……」

ぼそりとみゆりが呟いてしまう。

この神様、ちょっとめんどくさい。

「ちょす！」

「あいた⁉」

次の瞬間、なんとも言えない声を出したスマリ様にしたたかにデコピンされた。

「神罰《しんばつ》じゃ」

「神罰いたいです……」

左手でおでこを撫でる。

「ともあれ、要点としては、昭和湯霊泉が現在持っている霊力が弱いということじゃな。底上げが必要なのじゃよ。これが一つ目の問題だな」

「なるほど。そして一つ目ということは、続きもあるんですよね」

今度は余計なツッコミをいれず、神妙にみゆりはメモを取った。

何度も訊きにこられるわけでもない。書き留めておかないで忘れたでは、ちょっとお粗末すぎる。

「そうじゃ。みゆりや。そちは女将じゃな?」

「はい」

「ではそちらの、めんこい猫又の立ち位置《ポジション》はなんじゃ?」

スマリ様がさくらに視線を移す。

「さくはめんこいんじゃないの。麗しいの。ともあれ、役割は看板猫よ」

優雅に猫座りしたまま、ゆらゆらとさくらが尻尾を動かした。

神様が相手でも怯まない。

もし害を為すなら許さんぞ、とでも語っているように、青い瞳が挑戦的に輝いている。

みゆりとともに戦う頼もしい相棒なのだ。

「これが、ヒントその二じゃ」

ヒント一より意味不明なことを言ってスマリ様はよいしょと立ち上がり、本殿の奥からお札を持ってきた。

「風呂の支度が調ったならば、これに柏手を打って呼ぶが良い」

そういって呼び出し方を説明する。

昭和湯の神棚に飾っておくものらしい。

スマリ様の話では本質的に神棚というのは神社とイコールで、祀られている場所ならどこへでも移動できるという。

神というのは、そうやって願いを叶える相手のもとを訪れるらしい。

だから、初詣のときしか参拝しないというより、毎日神棚に手を合わせる方がずっと大切なのだと教えられ、みゆりは軽く頷く。

「なるほど。そういうものなんですね」

「判ったところで、札の代金は二千円じゃ」

「お金取るんですか⁉」

「それはありがたいご神体の代用品じゃぞ？　なんで無料でもらえると思ったんじゃ？　わしはそこまで安い女ではないぞ」

「二千円はだいぶ安い女なんじゃ……？」

「うっさいわ」

「あいた！」

ふたたびみゆりは、べちんとおでこをはじかれる。

本日二度目の神罰だ。

「愚かな……雉《きじ》も鳴かずば打たれまいに……」

やれやれとさくらが肩をすくめた。

用事を済ませて戻ったみゆりたち一行は、すでに旅装を整えている祭に対面することとなった。

オニウシ神社に行っている間に準備していたらしい。

といっても、ほとんど身ひとつだ。バッグに入っているごくわずかな着替えも、どうしても必要というわけではなく、あやかしと同様に、神力で作り出せてしまうのだという。

「住み込みで良いんだろ？　女将」

「それはもちろんかまわないけど、この家とかバイクはどうするの？」

「なに。もともと森町のもんさ。べつのキムナイヌが使っても良いし、町で管理しても良い。そのあたりは町長がうまくやんだろ」

にやりと笑って倖人の車へと歩を進める。

「よろしくな。倖の字」

などと手を振りながら。

「ていうか吉住さん。ザンギどうしたんだ？」

「祭でいいぜ。あんなもん、とっくに食い切ったに決まってるだろ」

「うそ……だろ……？　一キロもあったんだぞ……」

「やっぱり『ひこま豚』はうまいぜ。なんぼでも食わさってしまう」

キムナイヌというのは、とんでもない健啖家《けんたんか》らしい。

べつに食べなくてもかまわないというあやかしや神たちの特性がなかったら、食費がとんでもないことになってしまうだろう。

「けど、本当に良いの？　祭さん」

みゆりが再確認する。なにしろブラック企業もびっくりという労働条件なのだ。

「呼び捨てでいいって。賽銭代わりのザンギをもらったしな」

からからと祭が笑い、さらに付け加える。

「真摯な願いにあたいら神は力を貸す。必ず成功させてやる、とは保証できないけどな」

「そういうものなの？」

すべての願いを叶えるわけではないし、神の力で成功を投げ渡してやるわけでもない。

成功も失敗も自分ものだから。神は背中を押してくれるけれど、成功をつかみ取るのは自分の手じゃないといけないということらしい。

「神は人間に成功してほしいなんて思ってないんだよ。ただ成功するための努力を怠らないでほしいって思ってるだけなんだ」

結果を求めるのではなく、その過程を大切にしているということ。

「良い言葉だね」

「だろ？　マザー・テレサの名言録に載ってたんだぜ」

「待って祭。ちょっと待って」

タンデムでバイクに乗る神の眷属も、パーセントなどという言葉を使って説明をする神様も流したが、さすがにツッコミを入れずにはいられない。アイヌの神の眷属が、キリスト教のシスターの言葉を引用するなんて、信仰が揺らいでしまう。

「アイヌの神は鷹揚《おうよう》なんだ。細かいことを気にすんなって」

細かい？　本当に細かい？

みゆりは右手を額に当てる。

「誰が言おうと名言は名言さ。言った人間で価値が変わるわけじゃねえよ」

こうして昭和湯霊泉は新たな仲間を迎えた。

見た目は高校生くらいの祭だけれど、戸籍上は三十一歳。実年齢は百八十歳なのだという。

◇

「こいつは良いボイラーだ。年代物だけど、ちゃんと愛情を込めて手入れしてきたんだろうな。あと二十年や三十年は余裕で使えそうだぜ」

祭がまるできかん気の子供を可愛がるように、二つのボイラーをぽんぽんと叩く。

函館に戻り、ボイラーの点検が真っ先に始まった。

「メインは重油ボイラーになるんだけど、祭にはメンテナンスを含めた管理全般をお願いしたいの」

「任せな。けど薪ボイラーの方は使わねぇのか？」

「薪が高くて。せめて月一回くらいは薪風呂の日をやりたいんだけどね」

「薪の方が油より高いのか。時代は変わったもんだ」

肩をすくめたみゆりの真似をするように、祭も肩をすくめてみせた。

メンテナンス等にかかる費用を節約していけば、月に一回程度、薪風呂の日も作れるだろう。

「せちがらい世の中だぜ」

「まったくよね」

祭と二人で不景気な話をしていると、ボイラー室にイナンクルワが顔を出す。

「女将さん。水が張れましたよ。ボイラーお願いします」

水量計はこちらにもあるのだが、湯を入れる際、浴場係とボイラー係はちゃんと報告しあおうということになった。万が一にも空焚きなどをしてしまったら、一発でボイラーが壊れてしまうからだ。

「了解だぜ。こっから先はあたいの仕事だな」

「お願いね。祭」

どんと胸を叩く祭にボイラー室を委ね、女将のみゆりは番台へ、浴場係のイナンクルワは脱衣所へと移動する。

古い銭湯の昭和湯だが、暖簾をくぐったらいきなり番台があって脱衣所に直結しているというわけではない。

まずささやかなロビーがあり、そこに番台が設置されている。

料金を支払ったあとで、中暖簾をくぐって男女別の脱衣所へと移動するというスタイルだ。

イナンクルワは男女の脱衣所を移動しながら、客が散らかした脱衣籠を片付けたり、濡れた床を拭いたりと忙しく動き回り、頃合いを見ながら清潔感を保つために浴室内の簡易清掃もおこなう。

だから営業中に最も忙しいのはイナンクルワだ。みゆりがトイレに立つときなどは番台を代わってもらったりもする。

さくらは番台の上が定位置。小さな座布団に置物みたくおとなしく座っているが、お客さんがいない時間も多いので、そんなときはもっぱらみゆりの話し相手になっている。

「女将さん。適温になりましたからハーブ抽出液を入れますね」

「了解。普段よりちょっとはやい？」

「キムナイヌがいますからね。炎も頑張っているのでしょう」

さすがは火の扱いにかけては右に出るものがいないと、イナンクルワが保証するだけのことはある。

みゆりはポケットからスマートフォンを取り出し、母屋でくつろいでいるはずの倖人を呼び出した。

ドライバー役で疲れただろうからお風呂が沸いたら入っていって、と、引き留めていた。

母屋に閉じ込めているのは、放っておくと風呂掃除などの準備を手伝おうとするから。

隙あらば手を貸そうとする倖人の習性は、ともするとみゆりをダメ人間にしてしまう。

「ほんと昔から甘やかされてばっかりなんだよね。私って」

「べつにゆきは甘やかしているつもりなんかないと思うけどね。ちゃんと見返りを求めているわよ」

「そういえばこの間は、柳屋さんのシュークリームを要求されたんだった」

「そういうことにしておきましょうか」

にふふ、と、さくらが含みのある笑い方をした。自分では邪悪っぽく見えると信じ切っている顔である。

その表情の意味が判らずみゆりが小首をかしげた。

「ゆきの苦労はまだまだ続きそうね」

とはさくらの言葉であるが、やっぱり意味が判らず、みゆりはきょとんとするのだった。

そのうちに倖人がやってきて、軽い雑談の後で男性用の脱衣所へと消えてく。

祭のボイラーの点検を兼ねてはいるが、今日の風呂は倖人のために沸かしたのだ。

もちろん倖人が浸かっただけでお湯を抜いてしまうようなもったいないことはせず、みゆりたちもあとから入浴する。

「やっぱり薪風呂じゃないかと思うんだよね」

そして倖人がお風呂に入っている間に、みゆりとさくら、イナンクルワは簡易作戦会議を開き始めた。

「ええ。あしもあれで、いっときかなり回復しましたから」

イナンクルワが頷いた。

スマリ様の言葉のなかにヒントがある。無意味にイナンクルワを例として話の中に登場させたわけではないだろう。

ハーブ湯で三十パーセント程度の回復率だったイナンクルワが、さらに大きく回復したのは実験的に薪風呂をやったとき。端で見ていて判るほど元気になった。

これが他のあやかしや神様にも応用できる手段であることを、スマリ様が教えてくれたのだ。いくつかの傍証《ぼうしょう》が繋がったので、もう実験は必要ない。ここからは実践ということになる。

とはいえ、問題は資金だろう。

一回分だけなら、またホームセンターから買ってくることはできるけど。

「それはたぶん意味がない……」

みゆりは自分のアイデアに落第点をつける。

一時は回復したイナンクルワも、数日のうちに三十パーセント弱の状態にまで戻ってしまった。つまり、定期的に薪風呂にしなくては解決にはならない。

入った人間たちの満足度を霊力に変更するという本来のやり方が機能していないのだから、できれば毎日薪を燃やした方が良い。

厳しいな、とみゆりは腕を組む。

北海道の一般公衆浴場の利用料金は四百五十円。これ以上にはできないから、薪の分を料金に上乗せするわけにはいかない。

もし仮に値上げが可能だったとしても、現在の集客状況での値上げは自殺行為である。まず間違いなく干上がってしまうだろう。

「けど、薪さえ安く手に入れることができれば……」

みゆりが呟く。

ボイラーまわりを一任できる祭がいる。

浴室と脱衣所のことを任せられるイナンクルワもいる。

最高の布陣だ。なにかを変えるとしたら、いまが最大の好機だと思う。

ここで踏み込まなかったらいつ踏み込むのかってくらいに。

「きちんとした薪らしい薪にこだわれば、どうしても仕入れ値は高くなってしまうよな」

女三人で悩んでいると、バスタオルでがしがしと頭を拭きながら倖人が風呂から戻ってきて言った。

「薪らしくない薪ってなに？」

普段はおしゃれな倖人のラフなスタイルに苦笑しながらみゆりが訊ねる。

家族みたいなものだから、だらしない格好を見せても平気なのだろう。

もちろんみゆりも倖人にはノーメイクも部屋着も晒しているので、お互い様である。

「なんだっけ。間伐材とか？　廃材とか？」

聞いたことがあるような言葉である。

ちらりとさくらを見れば、訳知り顔で頷いた。

すっかり解説役が板についてきている。

「間伐材というのは、あんまり木が密集してるとちゃんと日光が入らなくて成長できなくなってしまうから、定期的に伐採する木のことね」

太いものはそのまま建築用の木材にできるが、どうにもならない細い木も多いため、割り箸などに加工されたり、それこそ薪用に営林署が無料配布したりもするのだそうだ。

相変わらず無駄に博識なさくらだが、みゆりの興味は言葉の中の一部分に注がれている。

「無料!?」

「といってもアウトドア愛好者に人気も高いからね。手に入るかどうかは運次第よ」

食いついたみゆりを、さくらは落ち着きなさいと右手を挙げて制する。

「そっか……」

運の要素が絡むなら安定的な仕入れにはならないから、商売には使えない。薪が手に入らなかったので今日は休みです、という不定期営業は、普通に倒産まっしぐらのコースだろう。

「そこで、廃材よ。廃材というのは、そのまんまの意味ね。建物を解体したときに出る材木ゴミのことよ」

家を一棟解体したら、出てくる木材は百キロ二百キロなどというレベルではない。それらはすべて産業廃棄物として処理される。

「なるほど。廃材ね。業者にあたってみようかしら」

ふうむとみゆりが腕を組む。

函館にだっていくつも建設会社はある。解体業者も。ならば片っ端から問い合わせてみれば、廃材を安く譲ってくれるところがあるかもしれない。

「それなら、知り合いにきいてみるよ」

「知り合い⁉ 本当に⁉ そんなコネクションあるの⁉」

思わずみゆりが倖人にぐいっと、頭からかぶりつきそうな勢いで顔を近づける。

「コネクションってほどじゃないけどな。うちの店の常連さんだ」

倖人はそんなみゆりを両手で押し戻す。

「ただじつはあんまり紹介したくなかったりする」

「なんで？」

「エロ親父だからなあ、立花が心配だ」

むうと難しい顔をする倖人に、みゆりがぷっと吹き出した。

いったいなんの心配をしているのか。

「ビジネスシーンじゃん。無体な要求なんかされるわけないよ」

「その理屈が通じない怖さが、田舎にはあるからなぁ」

ぐちぐちと呟いている倖人の肩に、ぴょんとさくらが飛び乗った。

「大丈夫よ、ゆき。いざとなったら、さくが神通力を使ってでもみゅりをまもるから」

「さすがにそこまでのピンチは想定してないって」

「不本意すぎるよ。ふたりとも」

その様子に、みゆりが憤慨する。

二十五歳である。右も左も判らない小娘ではないのだ。ここまで心配される筋合いはない。

◇

みゆりもイナンクルワも祭も、もちろんさくらも、どことなくそわそわしている。

倖人が紹介してくれた建築会社と話がつき、格安で廃材を融通してもらえることとなった。いうまでもないが建築会社とはなんのトラブルもなかった。

身体を要求されたりもしていない。当たり前である。

産業廃棄物として処理するしかない、いわばゴミを安価とはいえ買い取ってくれるのだから、業者としても願ったり叶ったりだったのだろう。

そして順調に燃料はストックされていき、今日が薪風呂営業の初日となった。

みゆりは大きな紙に「薪のお風呂、はじめました」と毛筆で書き、入口に張り出した。

「少しは効果があると良いけど」

「今のご時世、薪で沸かしたお風呂なんて滅多にないからね。少なくとも物珍しさはアピールできてるはずよ」

肩に乗ったさくらが、軽くみゆりの頭を押して励ます。

「女将さん。浴室、脱衣所、準備万端《ばんたん》整っております」

「こっちもだ。いつでもいけるぜ。女将」

持ち場を離れ、イナンクルワと祭も玄関前に出てきた。

薪風呂にハーブ薬湯。

これが起死回生の一撃となるはずだ。というより、これでダメならもう打つ手がない。

背水の陣である。

ぐっと気合いを入れ、みゆりは右手を前に出した。

「いくよ。さっちん。祭」

「任せな」

「必ず成功させましょう」

祭とイナンクルワも、それに自らの手を重ねる。

「出陣ね」

肩から飛び降りざま、さくらがぽんと前肢の肉球《にくきゅう》でそこを叩いた。

「おおー！」

三人の声が重なる。

開店と同時に入店したいつもの常連たちが十人ばかり、どやどやと浴室に消えていく。

そして、その人たちに交じって、現在はスマリ様も入浴中だ。

ロビーの片隅にある神棚に柏手を打って呼び出し、一番風呂を奉納した。

もちろん祝詞など知らないから、お風呂が沸いたからきてくださいと呼んだだけである。

そして、どこぞの家のお母さんみたいな呼び出しかたをするでないわ、と、またみゆりはデコピンされた。

なにやら風物詩になりつつある。

ともあれ、普段であれば開店直後というのが昭和湯における唯一無二のラッシュアワーで後が続かない。

しかし今日は店先に貼られた『薪風呂』の言葉につられてか、常連の他にもぽつりぽつりと流しの客が入ってきていた。

普段とは違う流れに、みゆりとしても期待を高めている。

「といっても、半分も埋まってないんだけどね」

さくらにだけやっと聞こえる声で言って、みゆりが肩をすくめた。

開店から三十分ほどを経過して客数は四十一。昭和湯のキャパシティは男女合わせて百だから、半分も埋まっていない。

それでも、最も客の入りが悪かった日の客入りはすでに超えているが、悪い方と比べても意味がない。

ここからがみゆりの勝負だ。

そろそろ烏の行水派閥の客が上がってくるはずだから、よく表情を観察して満足度を調査しなくてはいけない。

どうでした？　などと声をかけることができれば女将として最高である。

そういえば、と、みゆりは再オープン直後のことを思い出した。

あの頃は客の顔を見ていなかった。目の前に積み重なった問題のことばかり考えていたから。

そしてそれ以上に、見るつもりすらなかったように思う。

客数、という単なる数字しか見ていなかった。

だが、いまは違う。

頼もしい仲間たちを得て、ちゃんと前を向けている。

女将として、霊泉の守り手として、自覚も持てている。

あとは前へと足を進めるだけだ。

ところが、待ち構えていても、なかなか客が出てこない。

「なんか、みんな長湯だね」

「それだけ薪風呂が気持ちいい、と、考えて良いのかしら？」

みゆりの呟きにさくらが首をかしげる。

「霊泉の力の方はどうなの？」

「上がってるわよ。ハーブ薬湯のみのときと比較して、三・二三倍くらい」

「小数点以下はなんなのよ」

「近似値《きんじち》だから気にしないで」

にふふとさくらが笑った。

近似値とは、無視しても実用には差し支えのない程度の、端数の数字のことである。有名どころだと、円周率の三・一四より後ろの数字などだろう。実際には「霊力計」などという道具は存在しないので、数字もいい加減なものだ。

みゆりが指先でくにくにとさくらの額を撫でる。

こういう冗談口が出るのは、順調に客足が伸びているから。

開店から一時間。客数は六十を超えた。

このままのペースで伸び続ければ、百の大台が見えてくる。

そうこうするうち、常連たちの中にちらほらと上がる人が出てきた。帰り際、一言二言話しかけてくれる。

「気持ちよすぎて長風呂してしまった」とか。

「昭和湯さんが帰ってきたみたいだ」とか。

「こうじゃなきゃ昭和湯じゃないよな」とか。

みゆりは思わず、番台のなかで小さくガッツポーズした。

おじいちゃんの銭湯をついに取り戻したのだ。少しだけ涙ぐみそうになってしまう。

「水を差すようで悪いがな。そう喜んでばかりもいられぬぞ。みゆりや」

ほくほく顔で、スマリ様もロビーに戻ってきた。

入る前とは別人のようである。

「スマリ様！　すっごく顔色がよくなりましたね！」

「うむ。回復率は七割といったところじゃな。馳走になった」

「あれ？　七割なんですか？」

みゆりが首をかしげる。

スマリ様の神力は四割ほどまで落ち込んでいたが、昭和湯霊泉に浸かっても七割までしか回復しないというのは予想外だ。

現状、これ以上の打開策をみゆりたちは持ち合わせていない。

「それよ。わしの出したヒントに、まだ気づいておらぬようじゃがな」

くすくすとスマリ様が笑った。

その目は、種明かしをするのが楽しくて仕方ないという雰囲気で細められている。

相変わらずフランクな神様だ。

「結論から言うならの。ここが『昭和湯』だからダメなのじゃ」

「いきなり存在を全否定されても……」

いやいやとみゆりが首を振る。

昭和湯だからダメといわれたら、もう手も足も出ない。

「勘違いするでないぞ。みゆりや。わしはべつにこの霊泉自体を否定しているわけではない」

「まるでトンチね。もったいぶってないで、さっさと言ったらどう?」

にゅっと爪を出し、さくらがスマリ様を睨みつけた。

かなりいらいらしている。

なにしろ、白い毛並みのお姫様は、からかうのは大好きなのだが、からかわれるのは大嫌いだから。

「めんこい顔をして凄んでも怖くはないぞ。さくらや」

「さくはめんこいんじゃなくて麗しいの!」

むきーと怒るものの、その姿も正直いって可愛いだけである。

「わしは稲荷神じゃが、やはり稲荷神ではない」

さくらを撫でながらスマリ様が解説を始めた。

もちろんさくらの方はおとなしく撫でられているばかりではなく、引っ掻いてやろうと手を出しているが、スマリ様の素早く、そして理に適った動きに翻弄《ほんろう》され、攻撃をヒットさせられない。

「アイヌの神と和人の神が混じって生まれたんですよね」

微笑ましい攻防を視界の隅に捉えつつ、みゆりは話を先に進める。

「そうじゃな。それゆえにわしの社《やしろ》は稲荷神社とは名乗っておらぬ。ここまで言えば、聡いみゆりには判るのではないかな？」

「『昭和湯』という名前はおじいちゃんの銭湯のものであって、私のではないってことですか」

「そういうことじゃ」

我が意を得たりとスマリ様が笑う。

名前というのは非常に大切なものだ。

その文字、響き、すべてが意味を持っている。『昭和湯』という屋号もまた例外ではない。

昭和という元号にも、昭和という地名にも、ほとんど縁がないみゆりが『昭和湯霊泉』を切り盛りしても、意味としての繋がりが発生しないため霊泉としては強い力を持ち得ないのだ。

先代の守り手である立花季太郎の孫娘、というだけでは、霊泉の守り手としての必然性が弱い。

世襲《せしゅう》するようなものではないからだ。

「『昭和湯』というのは、時代と土地、両方に愛された名なのじゃよ」

とは、スマリ様の言葉である。

しかし今は昭和ではなく、みゆりもこの土地そのものには思い入れがない。森町の社でスマリ様が立ち位置を確認したのは、そういう事情である。

みゆりが女将、守護しているのは猫又のさくら。

もう『昭和湯』という名は相応しくないのだから、屋号を変えるべきだったのだ。

「守護者の名を取るのが無難じゃろうな」

「さくら湯とかいいですね！」

「嫌にゃ！　絶対に嫌にゃ！　さくの名前を使われるのは恥ずかしいにゃ！」

嫌がるあまりに猫語尾になってしまっている。しかも青い目に涙までためて。

「もう一考して！」

となると『猫又湯』だろうか？　それとも『白猫湯』？　みゆりが頭の中にいくつか候補を浮かべるもののいまひとつ語呂が良くない。

「わしが名付け親になろうか？」

「変な名前だったら却下しますからね？　スマリ様」

「みゆりはわしをなんだと思っておる。変な名前などつけぬわ。『ねこの湯』と名乗るが良い」

「あ、いいですね。それ」

ぽんと手をうつみゆり。

『ねこの湯』。その言葉にすとんと胸に落ちるような据わりの良さを感じた。

「まあ、そのくらいなら」

さくらも納得した。

その瞬間。

ふわり、と、空気が変わった。

ロビーを包む雰囲気そのものが、柔らかくなったように思える。

「わしが名付け親となり、そちが正式に守護者となった。いまが『ねこの湯霊泉』誕生のときぞ」

呆気に取られたようなさくらの頭を、優しくスマリ様が撫でた。

「これでこれからは、わしも神力を最大値まで回復できるのう」

「なによ。結局は自分のためじゃない」

むうとさくらが負け惜しみを飛ばす。

「そちたちのためにもなったじゃろ？　ＷＩＮ・ＷＩＮの取引というわけじゃな」

からからと笑う。

どうやらネコよりキツネのほうが一枚上手だったらしい。

などと、しょうもないことを考えながらみゆりは微笑ましく見守っていた。

こうして『昭和湯』は『ねこの湯』となった。

屋号の変更などの事務手続きはこれからだが、まずは事実として函館の霊泉が復活したのである。

みゆりの右肩に、ぴょんとさくらが飛び乗る。スマリ様とのやりとりに勝ち目がないため、戦術的後退をすることに決めたらしい。

左手を伸ばし、白い頭を撫でる。

「霊泉復活ね。みゅり」

ごろごろと喉を鳴らしながらさくらが言った。

「うん、ここが本当の一歩目だよ」

軽く右の拳を握ったみゆりが、誰にともなく宣言した。

第三章　新米女将と座敷童

『ねこの湯』の番台で、はあ、とみゆりがため息を吐く。

盛夏がすぎ、夜の空気に少しずつ秋の気配が混じるようになってきた。

「お金がない。かねがね、お金がない」

「金と、かねがねのかねをかけたダジャレね。これのどこが面白いかというと」

「解説しないでよさくら」

ジョークを解説されるほど悲しいことはないよ、などといいながらロビーを見渡す。

イナンクルワがいつも綺麗に掃除してくれている、心地の良い場所だ。

そして相変わらず閑散としている。

道南の霊泉復活の報は、あやかしたちにとって光明となった。

北海道には他に道東の『温根湯霊泉』が存在するが、たったひとつの霊泉ではこの広大な島全体をカバーしきれない。

そういう状況下で生まれた『ねこの湯霊泉』には、キツネ神のスマリ様のお墨付きもあって、さまざまなあやかしが姿を見せるようになった。

それ自体はとても喜ばしいことだし、霊泉の守り手としてもほっと一安心だ。

しかし、あやかしだけを客としていては商売が成り立たない。

というのも、絶対数が少なすぎるから。

戸籍や統計があるわけではないので、きちんとした数が把握できるわけではないが、函館にいるあやかしの数は数十、道南全体でも五百に届かないだろう。

これではターゲット層として弱すぎる。

やはり人間のお客さんが増えないと、黒字にして一年間を終えるという目標ははるかに遠い。

そもそも『ねこの湯霊泉』の特徴は、人間たちの満足度を霊力に変換できるということ。

ハーブ薬湯も薪風呂も、霊力の供給源として本来の能力が使えないときのための予備みたいなものなのだ。

その予備を主戦力に据えないといけないというところに、現在の『ねこの湯』事情の苦しさがある。

「とにかく、人間のお客さんを増やさないと、にっちもさっちもいかないのよね」

「少しは増えてるでしょ」

「本当にちょびっとだけね」

冷静なさくらのツッコミに、みゆりがスマートフォンの画面を見せた。

表示されているのは開業からいままでの売上表である。

みゆりがいうように、ほんの少しだけ右肩上がりだ。

ただ、人によってはこんなのは誤差の範囲だと笑うだろう。

「ハーブ薬湯に薪のお風呂。けっこう魅力的だと思うんだけどね」

「武器に問題はないわ。人間たちの生活習慣が変わってしまったのよ」

小さな座布団の上でシニカルに笑ってみせるさくら。

自分ではクールだと信じ切っている表情だが、可愛らしいだけである。

指摘するとまた猫パンチされるので、みゆりは何も言わなかった。

ただ、手に持っているスマートフォンでぱしゃりと一枚撮っただけだ。可愛いので。

「みゅりのケータイの容量は、全部さくの写真で埋まりそうね」

「本懐なり」

「本当に、みゅりの本懐はどこにあるのよ」

さくらが呆れるが、そもそもみゆりは意味をわからずに使っているので、まったく問題がない。

「問題しかないわよ」

ともあれ、撮られることにまったく嫌悪感を示さないさくらが言う。それどころかむしろ、どんとこいって感じだな、と、みゆりが微笑した。

美しさというのは猫又のアイデンティティのひとつらしい。

「で、生活習慣が変わったってのは、どういう意味？」

「何事もなかったかのように話を戻さないでよ」

ふふっと笑い、さくらが説明を始める。

かつて、お風呂というものは、外に求めるのが普通だった。自宅に入浴設備があるなんて、お金持ちとか格式の高い家とか、そのくらいのもので、庶民は日々銭湯に通っていた。

けれどそれが高度経済成長の頃から一変してしまった。

「具体的には一九七〇年代ね。どこの家にもお風呂が作られるようになったの。単身者用のアパートにまでね」

他人の目を気にすることなく入浴できるようになる。

そして少しずつ銭湯に行く人が減っていった。

「まあ、私だって銭湯に行くのが恥ずかしい時期もあったしね」

なので中高生の頃のみゆりは『昭和湯』には入っていない。だからこそ、只猫だったさくらは祖父と面識がなかった。

「小学校の高学年から高校生くらいの間は仕方がないわ。思春期ってやつ」

たとえ同性同士でも人前で服を脱ぐのが恥ずかしくなってしまう。

さくらは思春期と称したが、大人になってもそういう感覚を失わない人だって珍しくないだろう。

「思いっきり足を伸ばして入る大きなお風呂って、気持ちいいんだけどなあ。そこを知ってもらえばお客さんがリピートしてくれるかな？」

「そんな簡単な話じゃないわよ。べつに人間は気持ちよさを忘れたわけじゃないもの」

銭湯の数は減っているが、日帰り温泉やスーパー銭湯はむしろ増えているのだ。ようするに、人々の足はそちらに向かったということ。

「にくい！　スーパー銭湯がにくい！」

演歌歌手のようにこぶしをきかせて恨み節を奏でるみゆり。残念ながら、まったく悲愴感《ひそうかん》はない。

むしろ、すごくバカみたいだった。

「……たのしそうじゃのう。女将」

暖簾をくぐって入ってきたご老体が、なまあたたかい目でみゆりを見ながら感想を述べた。

「あ。ご隠居さん。いらっしゃい。今日も早いですね」

「『ねこの湯』に入らんで夜は迎えられんからのう」

こほんと咳払いし、何事もなかったかのように挨拶を交わすみゆり。

ちょっと恥ずかしかった。

ちょっとだけね。

入浴料をみゆりに手渡した老人が笑う。

ひょひょひょひょ、と、まるで妖怪みたいな笑い方だが、実際にあやかしである。ぬらりひょん、という。

「いらっしゃい。ますみ」

「さくらは今日も白いのう」

「ある日突然黒くなったら、そっちの方が怖いわよ」

個人としての名前は菅江真澄《すがえますみ》といって、江戸後期に実在した人物から名前を拝借しているらしい。

ちなみに、ぬらりひょんには妖怪の総大将というイメージがあるせいで、この人も、近隣のあやかしたちから一目置《いちもく》かれ、相談役のような立場にあるという話を、みゆりは教えてもらったことがある。

「そしてその一目置かれているますみからも、しっかり入浴料を徴収するのがみゅりね」

番台の上、にふにふとヒゲを動かしながらさくらがみゆりをからかった。

「いや。それは当たり前だから。うちはあやかしも人間も神様も区別しないよ。ちゃんと利用料金は支払っていただきます」

そうしないと『ねこの湯』が干上がってしまう。せちがらい世の中なのだ。

あやかしたちがどうやって金銭を得ているかを、みゆりは知らない。

スマリ様あたりならば、神社のお賽銭やお札やお守りの売上など、収入を得る手段はいろいろあるだろうと想像するのみだ。

「まさかすまりからも入浴料を取るとは思わなかったわよ」

「招待したときは別だけど、自由意志で入りにくるぶんには他のお客さんと一緒だからね。特別扱いはできないって」

いたって真面目に答える。

神様もあやかしも人間も客は客。

全員を同列に扱うし、だからこそ全員が同じサービスを享受《きょうじゅ》することができる。これが基本だ。

ここを疎かにして特別なお客様を作ってしまうと、特別扱いされない客が不満を持つことになる。

だからみゆりは、客かそうでないかで分けることはあっても、客に序列をつけることはない。

「ところで女将。ひとつ女将の人柄を見込んで頼みがあるのじゃが」

お風呂上がりのご隠居に話しかけられる。

ぬらりひょんに見込まれる女。

その称号に、みゆりは悪い予感しか抱かなかった。微妙に顔を引きつらせる。

「なんです？　お金ならありませんよ？」

「それはよく知っとるよ」

「あんまり知られてるのも悲しいものがありますけどね」

「拙《せっ》の古い友人が岩手の遠野にいるのじゃが。『ねこの湯霊泉』に招いてやりたいのじゃよ」

「それはありがたいお話ですね」

みゆりは首をかしげた。

遊びに来てくれるのは嬉しいが、べつに断りを入れるような話ではない。

『ねこの湯』では、客の来歴を根掘り葉掘り訊いたりしない。むしろ客の素性を気にするような銭湯があるなど、みゆりは聞いたことがない。

「元気づけてやってほしいんじゃよ」

ご隠居がぽりぽりと頬を掻く。スマリ様の一件は、近隣のあやかしたちにも有名だ。

ねこの湯霊泉の守り手は頼りがいのある人物だ、という評判もほんの少しだけあるらしい。

みゆりとしては、大変にこそばゆい。

「ますみ。うちはあくまで銭湯。元気回復クリニックとかじゃないのよ」

ふんすとさくらが憤慨した。

うまいこと手玉に取られたという経験があるため、さくらはスマリ様に対して複雑な感情を持っているらしい。手玉に取るのは、猫又の専売特許なのだから、というのがさくらの主張だ。

もっとも、さくらが誰かを手玉に取れたことなんかあったっけ、とみゆりは考えてしまう。

「判っておるわい。だからこうして頭を下げておるんじゃよ」

そう言ってご隠居が禿頭を見せる。

「お風呂に入るだけじゃダメなんですか？　ご隠居さん」

「霊力不足、というわけではないからのう」

ご隠居は困った顔をした。

霊力不足でないなら、『ねこの湯』にできることはないんじゃないのかな、と、みゆりもまた困った顔をする。

◇

岩手から遊びにくるのは座敷童だという。

座敷童といえばかなりメジャーなあやかしだし、知名度としてはさくらなどの猫又すらしのいでいるだろう。

「なんでさくを引き合いに出すのよ。あと、負けてないから。猫又、有名だから」

「むしろなんでそこで対抗心を燃やすんだか」

「だって負けたら悔しいじゃない」

悔しいらしい。

そういう負けん気が強いところも可愛いと思うのだが、言うと怒るのでみゆりは黙っていた。

そして結局、みゆりはご隠居から頼まれた接待役を引き受けることにした。

「座敷童に気に入られて、『ねこの湯』も千客万来！」

「またそういう適当なことを」

相変わらずのみゆりにさくらは呆れ顔をする。

だいたい、まだ会ってもいない座敷童がどうして元気がないのかも判らない状態なのだ。なのに困っているときけば、放っておけないのが『ねこの湯』の女将なのである。

「ご隠居は霊力不足じゃないって言ってたけど」

みゆりは手を伸ばし、猫座布団の上のさくらの背を撫でる。

呆れていたのが、すぐにごろごろと喉を鳴らし始めた。

「岩手にも活発な霊泉はあるしね。遠野なんて、土地そのものが巨大な霊泉よ。川も池も、全部ね。浸かる必要なんかなくて、そこにいるだけで霊力を補給できるわ」

気持ちよさそうに目を細めながら、さくらが説明した。

彼の土地では、いまもなお多くのあやかしたちが人々の生活に息づいているのだという。

「じゃあなんで元気がないんだろう？」

「失恋とか？」

「そんなばかな」

あやかしが恋をしない、とはみゆりも思わないが、座敷童というのはその名の通り子供のあやかしだ。

惚れた腫れたという話とは、さすがに無縁だろう。

「まあ、会って本人に訊くしかないでしょうね。ここであれやこれや推測しても意味がないわよ」

「けどさくら。霊力不足じゃないなら『ねこの湯』としてできることなんて、なんにもないと思うんだけど」

「ますみは『ねこの湯』に頼んだわけじゃないわ。あなたにお願いしたのよ。みゅり」

「私個人にできること？　でもお金がないことはご隠居だって知っているはずだし……となると、あれかな」

腕を組み、みゆりは一人頷いた。

「却下」

「秒で否定するなよぅ」

翌日の営業前、遊びにきた倖人に事情を説明すると、みゆりのプランは即座に破棄されてしまった。交渉のたたき台にすら乗せてもらえない。

「せめて五秒くらいは検討してよぅ」

「道外から来た人に函館を案内するのはいいさ。テッパンだよ。けど、碧血碑《へきけつひ》はないって」

呆れたように倖人が首を振る。

碧血碑というのは、箱館戦争で散った蝦夷《えぞ》島《とう》政府軍の勇士たちの霊を慰めるため、函館山の中腹に建立された慰霊碑だ。忠義を貫いて死んだ者の血は青い宝石になるという中国の故事がその名の由来だという。

「いやあ、ロマンがあるかと思って」

「そうかなぁ？」

みゆりのロマンとやらは倖人に伝わらず、首をかしげられただけだ。

そもそもディープすぎて、歴史愛好家でもなければ存在すら知らないだろう。

「篠原くんは函館愛が足りないよ」

「いやあ、七年も函館を離れていたやつより地元愛はあると思うぞ」

「違うよ。愛はね、長さじゃなくて深さなんだよ」

またわけのわからないことをいうみゆりだった。

やれやれと倖人が肩をすくめる。

「普通に五稜郭《ごりょうかく》公園とかじゃダメなのか？　タワーとか」

「え？　そんなの観光客しかいかないじゃん」

「遠野から来るんなら、観光客じゃないのか？」

「もっとこう、こんなところもあるんだーって思えるようなところに連れて行きたい！」

妙なところに凝り性なみゆりだ。オススメしたがりは道民気質といわれているが、みゆりの場合はディープな楽しみを提供したいらしい。

倖人が軽く苦笑した。

「俺の車で道南ドライブ。遠野には海がないからな。噴火湾の海岸線を流してあげたら喜ぶんじゃないか？　で、海の幸を楽しんでもらうとか」

「それは私から見ても魅力的なコースだけど、いつもいつも篠原くんに頼るわけには……」

「遠慮なんか、された方が迷惑だって」

友達の力になるのに理由なんかいらないだろ、などと外見だけでなくセリフまでイケメンだ。

たしかに、事情を話しておいて蚊帳《かや》の外に置くというのは筋が違う。

ここまできて遠慮するくらいなら最初から相談などするなという話で、不用意に喋ってしまったみゆりの負けだろう。

「借りばっかり増えていくね」

「良いってことよ。親友」

ぐっと差し出された倖人の拳に、みゆりは自分の拳を軽くぶつける。

その後で、さくらと倖人が視線を交わして苦笑したのだが、いつも通りみゆりは気がつかなかった。

◇

そして、座敷童が来訪する日。

みゆりとさくらは、倖人の運転する自動車で新函館北斗《ほくと》駅まで迎えに出た。

せっかくだから北海道新幹線に乗ってみたら良いだろう、と、ご隠居がチケットを送ったのだそうだ。

さらに、それなりの額の軍資金をみゆりは預かっている。

「あやかしって好きな場所に、ぽんと現れるわけじゃないんだな」

「そういうことができるのもいるけどね。座敷童は土着《どちゃく》のあやかしだから、移動に関しては人間と同じよ」

倖人の疑問にさくらが解説した。

みゆりはイナンクルワや祭との付き合いのなかで知ったが、あやかしでも神でもべつに万能の力を持っているわけではない。

もっとずっと不自由な存在だ。人間と同様に。

やがて、ホームにグリーンと白にカラーリングされた流線型の新幹線が入線してきた。

開業以来、乗車率は低迷しているというが、本当に乗客は少ない。

広く近代的なホームが閑散としているのは、少し恐怖を感じる、と、みゆりが思ったのは、東京の人いきれに慣れてしまったからだろう。

「なんだか寂しいね」

「盆と正月、ゴールデンウィーク以外はこんなもんだよ。ぶっちゃけ俺も乗ったことないし」

「札幌まで延伸《えんしん》したら変わるのかな?」

倖人の言葉に首をかしげながら、みゆりは乗客たちに視線を送る。

「あ、あれかな?」

おかっぱ髪の少女がいた。

赤いカチューシャと夏らしい涼やかなワンピースがよく似合っている。

他に子供一人で乗ってきた客もいないようだし、あの子がそうだろうとみゆりが足を踏み出したとき、少女の方から近づいてきた。

「よろしく頼むじゃ」

ぺこりと頭を下げる。

「はじめまして。よく私たちが迎えだって判ったね」

ちょっとめんくらいながらも微笑してみゆりが右手を差し出せば。小さな手がそれを握り返した。

「猫又ば連れてんだもの。わぁでなくてもわがるよ」

にこっと座敷童が笑う。

バッグに隠れているのに気づかれたというのは、あやかしは霊力などを感じ取ることができるからなのだろう。

べつにみゆりは仕組みを訊ねたりしなかった。あやかしと付き合っていれば、多少の不思議はもう慣れっこなので。

「たえって呼んでけれ」

大変愛らしいが、なかなかに強烈な方言である。

岩手というより東北全体が混ざった感じだな、と、みゆりは思ったが、函館人が東北の言葉を理解するのは難しくない。

ルーツをたどれば、半分以上の人が東北が源流だし、七夕やお盆などの風習も色濃く残っている。もちろん言葉も。

さて、まずは『ねこの湯』へと案内する。

霊泉に浸かって旅の疲れを癒やしていただき、家に一泊した後で観光に出かけようという算段だ。

倖人から魅力的なプランは提示されているが、たえ本人の希望は、絶対に聞いた方が良いだろう。

「遠野の霊泉に比べたら恥ずかしい限りなんだけど」

「んなことねえよ。立派なもんだ」

謙遜するみゆりに、頭にタオルを乗せたたえが笑う。

いまどき珍しいほど正統派な入浴スタイルだ。

「お世辞でも嬉しいよ。たえちゃん」

みゆりも笑みを返した。

番台をイナンクルワとさくらに任せ、仲良く並んで入浴中。

女将が番台を離れているわけだが、これも接待の一環だ。

「それでね。一応観光プランも用意してるんだけど、たえちゃんの希望もききたいなと思って」

元気がない座敷童を癒やしてほしい、というのがご隠居の頼みだ。

しかしそれだけでは、さすがに漠然としすぎている。

趣味に合わない場所に連れて行っても楽しめるわけがない。本人が行きたいところに連れて行くのが一番だろうとみゆりは考えたのだ。

「とくにねえじゃ」

こてんとたえが首をかしげる。

「いやいや。なんかあるでしょう？　なんでもいいんだよ？」

希望なしというのはけっこう困る。

なに食べたいと訊いて、なんでもいいと返ってくるのと同じくらい困る。

そもそも、べつに行きたいところもないのに普通は岩手から函館くんだりまで出てこないだろう。

「気分転換でもしたらどうだと真澄に言われただけじゃもの」

困った顔だ。

みゆりも自分は流され型であると自覚しているが、たえはそれ以上である。

友人に誘われたからという理由だけというのは、さすがにびっくりだ。

「一応、篠原くんが立ててくれたプランがあるんだけど」

「かまわねよ」

にこにこと応えてくれるたえだったが、みゆりは微妙な違和感をおぼえていた。

とくに希望はないとして、普通は内容くらい確認しないのだろうか。まるで自分の意志がないかのように見えてしまう。

「じゃあ、明日はドライブデートだね」

しかしみゆりは深くは訊ねずに頷いた。

まだまだ何でも話しあえるというほどの関係は築いていない。

これから知っていけば良いのである。

◇

そして翌朝。たえを後部座席に乗せ、青いスポーツカーが走り出した。

隣に座って案内を務めるのはみゆりで、その膝の上にはさくらがいる。

倖人は一人だけ前の席で完全にドライバー役だ。

道道八三号線を使い、川汲《かっくみ》地区の山道を抜ければ、目の前にひろがるオーシャンビュー。内浦湾《うちうらわん》の入口である。

通称は噴火湾。その由来はイギリスの探検船の艦長、ウィリアム・ブロートンが言ったボルケーノベイという言葉で、その当時、湾を囲むように、有珠山《うすざん》、恵山《えさん》、駒ケ岳、樽前山《たるまえさん》などが噴煙をあげていたのが理由らしい。

地図で見るとちょっと信じられないくらい円形の湾で、どうしてこんな形になったのかは学術的にも不明だと、みゆりは聞いたことがある。

「ふぉぉっ！　海だ！」

海のない遠野からやってきたたたえは大興奮だ。

遠く室蘭まで見晴らせる極上の景色にテンションが上がっている。

「お昼は鹿部町の『浜のかあさん食堂』って考えてるんだけど、それでいい？」

「心ときめぐ名前だ！」

道の駅である『しかべ間歇泉《かんけつせん》公園』に併設されている食堂で、鹿部漁業協同組合の女性部の方々が切り盛りしているらしい。

名物メニューはたらこ御膳。

鹿部町の特産であるたらこが、どーんと一腹ごはんの上に乗っている。それに日替わりの煮魚がついてくるボリューム満点の定食だ。まさにおふくろの味である。

「でもその前に、間歇泉を見ながら足湯に浸かって、しっかりお腹をすかそう」

「それはときめぐな。いいデートプランだ。みゆり。結婚しようが」

プロポーズされた。

「でもごめん。私にはさくらっていう、最愛の猫《ひと》が」

『お前はなにをいってるんだ』

運転席と膝の上から同時に突っ込まれているみゆりに、たえが大笑いした。

「気持ちいぃじゃ。大地の力ば良ぐ感じるの」

足湯に浸かり、十分に一度ほどのタイミングで噴き上がる間歇泉を眺める。

北海道遺産に認定された場所なのだが、もちろんたえは霊力的な意味で気に入ったようだ。

「間歇泉も、地球のパワーが噴き出しているものだからね」

ハンドバッグの中からさくらの声がする。

「さくらも一緒に入れたら良いのに」

人化の術が使えたら一緒に足湯を楽しめるのだが、とみゆりが残念がった。

「猫又になっても猫は猫だから、水に浸かりたいとは思わないけどね。近くにただよってる霊気を吸収しているだけで充分よ」

「玉砂利が痛い。これはよく効くじゃあ」

足つぼマッサージ効果のために、足湯には玉砂利が敷き詰めてある。

その他にも女子更衣室や、足拭き用のペーパータオルなど、かなり充実した施設である。

間歇泉と海を眺めて、足湯に浸かって、大人三百円はお値打ち価格といえるだろう。

「わぁは本当に子供料金で良かっただかの？　こう見えても五百年以上は生きてるだが」

「たぶんそれを係の人に言っても信じてもらえないよ。そういう設定なんだと思われるだけだね」

「設定いうなじゃ」

ふたりして笑いあう。

そもそも、あやかしだなんて信じてもらえるはずがない。

ゆったりと足湯を楽しみ、待望の昼食の時間になった。

みゆりや倖人も海の街の人間だから海産物は比較的食べ慣れてはいる。けれど、漁師町で食べる海の幸は別格だ。

まして恵みの海である噴火湾。

それを漁師の奥方たちが調理しているのだから、美味しくないわけがない。

「これはうめえなあ。さすが海の神、レプンカムイに愛された噴火湾の恵みだじゃ」

しみじみとたえが言う。

レプンカムイというのは、シャチの姿で顕現《けんげん》するといわれるアイヌの神だ。

人間たちには無理でも、たえはしっかりと神の息吹を感じているのだろう。

恵みの海と呼ばれる噴火湾は、やはり神に愛されていた。

さもありなんとみゆりが頷く。

湾沿いにある森町が、すでに山の神と森の神に愛されているのだ。海だって当然のように愛されているに決まっている。

「あ、俺、ライスを追加しよう」

「わぁも！」

神の恩寵《おんちゅう》を食い尽くしてやろうとばかりに席を立った倖人にくっついて、たえも食券の販売機へと向かう。

私だってごはんおかわりしたいけど、と、みゆりは鋼の自制心でひたすら耐えていた。

だってごはんの上に乗ったたらこだけで一膳ぺろりと食べられてしまうのだ。

おまけに今日の日替わり煮魚である宗八《そうはち》ガレイは、よく味が染みていて、ごはんがいくらでも食べられるという、鬼畜《きちく》仕様だ。

「いやあ食った！」

「食ったじゃ！」

すっかり満足した倖人とたえがお腹をさすっている。

ポーズも同じだったので親子みたいだった。

「そして、あれも気になるの」

黒曜石《こくようせき》のような瞳でチラチラと見るのは、ソフトクリームの看板だ。

鹿部町のキャラクターであるカールスくんが、黒ごまのソフトクリームを宣伝している。

たえの健啖家ぶりはキムナイヌに対抗できそうだけれど、祭はあまり海の幸や甘味には興味を示さない。基本的に肉と酒ばかりだ。

きゃいきゃいと騒ぎながら黒ごまのソフトクリームを買って車に乗り込む。

◇

「わぁは家に憑き、富貴をもたらすあやかしじゃ」

ぺろぺろとソフトクリームを舐めながら、たえが語ってくれる。

昨日は一緒にお風呂に入り、一緒に寝た。

そして今日は、足湯に浸かり、食事もして、だいぶ距離感も縮まってきたようにみゆりは感じていた。

無二の親友というわけにはいかないけれど、たえとしても少しは事情を話してもいいという気分にはなったのかもしれない。

右手に海岸線を眺め、軽く頷いてみせる。

「昔はこぞってわぁたちば招こうとしだもんだども、いまじゃとんとお呼びもかがらね」

「そうなの？」

「他人様より恵まれてるってだけで、いまは誹謗中傷《ひぼうちゅうしょう》の対象になるがらの」

「あー、それはたしかにあるかもなぁ」

思わずみゆりは頷いてしまった。

「昔は家の繁栄を守るためにわぁたち座敷童を監禁するなんてマンガもあったんだよ？」

「むしろ、なんでたえちゃんがサブカルチャーに詳しいのか、そっちの方が謎。あと同族が監禁されてる話とか笑顔で語られても」

みゆりのツッコミに、たえが苦笑で応えた。

「必要とされねえんだば、消えてまおうかなと思うこともあるじゃ」

「たえちゃん……」

思わずみゆりが言葉に詰まる。

自分が誰にも必要とされないというのは、つらい。

東京での自分がそうだったから、みゆりにはそれがよくわかった。

就職した会社では雑用や先輩社員のアシスタントばかりで、ほとんど活躍できる機会がなかった。

自分の実力に自信のある同僚は小さな会社にとっとと見切りをつけて転職しまったし、たとえ残ったとしてもうまく上に取り入って出世していった。

みゆりはどちらも選択することができず、ただただ自分でなくてもできる仕事をこなす毎日を過ごしていた。

そしていつの間にか、会社も人生もどうでもいいと考えるようになった。

今にして思えば祖父の銭湯を継ぐという話は、みゆりにとって渡りに船だったんだと思う。

もちろん、さくらと一緒にいたいという気持ちに一グラムの嘘もない。

けれど、みゆりが東京から逃げた、というのもまた事実なのだ。

「——ていうかさ、必要とされるとかされないとか、そんなに大事か？」

ハンドルを握ったまま、不思議そうな顔をした倖人が後部座席の二人の会話に参加した。

「俺、バーやってるんだけどさ、べつに誰かからやってくれなんて頼まれたわけじゃないよ」

好きでカクテルの勉強をし、好きで調理師の資格を取った、神社である生家に頼み込み、敷地の一角にある倉庫を小洒落た店に改造させてもらった。

もちろん彼一人でできたことではなく、さまざまな人の力を借りて開業することができたのだと続ける。

「やりたいことだったから頑張れたし、あちこちに頭を下げることも苦にならなかったよ。強制されたわけじゃないもの。自分で、こうしたいと願ったことだから。俺が店を閉めるときは、必要とされなくなったからじゃなくて、俺がやめたいと思ったときだと思うよ」

「……倖人は自由だ。わぁは、とてもそんなふうには」

「そう？　もうたえちゃん自由に選んでるじゃん。浜のかあさん食堂で。それから、そのソフトクリームも」

バックミラー越しに見える倖人の目は笑っていた。

「レッスンワンはとっくにクリアしてるんだよ。たえちゃん」

倖人の言葉に、たえの顔がぱぁっと明るくなった。

人形のようにおすまししていた顔が急に生気を得たように、外見相応の女の子になったようにみゆりには見えた。いままでも可愛らしかったけれど、こっちの方がずっと好きだな、と思う。

これを引き出したのは紛れもなく倖人の功績だ。もし自分だったら、同じ悩みを抱えた人間として、ただ一緒に苦しむことしかできなかったと思う。

そして倖人の言葉は、みゆりの心にもしっかりと響いた。

神様やあやかしがやってくる霊泉『ねこの湯』の女将として函館で生きることを決めた。経緯はどうあれ、それはみゆり自身が選択した未来図だ。

前を向く。

ミラーに映る倖人の顔の笑い皺《じわ》が深くなった。

「倖人。次のレッスンはなんじゃ？」

「思い切りわがままを言うことだね。さあどうぞ、お姫様」

「んだば、わぁはもっとソフトクリームが食べたい！」

「砂原《さわら》の道の駅には、特産のブルーベリーのソフトクリームが売っているそうでございますぞ。姫」

「それ食いたい！」

「御意《ぎょい》！」

わけのわからないやりとりをしながら、車は快調に国道二七八号線を飛ばしていった。

◇

道の駅『つどーるプラザさわら』で少し休憩した一行が移動したのは、『榎本軍鷲ノ木上陸地跡』だ。

明治元年の十月に、榎本武揚《えのもとたけあき》を中心とした旧幕府脱走軍が北海道上陸を果たし、ここから土方歳三《ひじかたとしぞう》隊と大鳥圭介《おおとりけいすけ》隊の二隊に分かれて陸路で〝箱館〟を目指したという。

箱館戦争の第一幕が切られた歴史的な地点、なのだが、べつに記念館などがあるわけではなく、記念碑がぽつんと立っているだけだった。

観光客の一人もいない。

「寂しいもんじゃの」

行きたい場所としてリクエストをした、たえのセリフである。

「たえちゃんって歴史好きだったんだね。ちょっと意外かも」

「そんではなぐ。武揚《ぶよう》公とはちょっと縁があっただげじゃ。あん人が会津に寄ったとぎな」

少しだけ遠い目をする。

なにか心に残るような交流があったのかな、と、みゆりは思ったが口に出すのはやめておいた。

言いたくなったら自分から言ってくれるだろうと。

ぽんとさくらがみゆりの肩に飛び乗る。

「少しは気を遣えるようになったのね。みゅり」

「またそうやってお姉さん風を吹かす」

「そりゃあ、さくがお姉さんだもの」

「いいえ、私が姉ですー」

きゃいきゃいとじゃれ合う。

「さて姫様。榎本の提案によって防腐加工された杭木《くいき》と、彼が泊まった旅館の門構えが残っておりますが」

そう言って倖人がスマートフォンを示す。喋っているうちに下調べを完了させたらしい。

「倖人もわがってきだな。いきたいに決まってるじゃ」

「御意」

しゃがんだ倖人とたえがハイタッチを交わした。

こちらも、もうすっかり仲良しっぽい。

そして午後は森町観光に使うこととなった。

山の神の眷属、キムナイヌに守られるこの町には、意外なほど史跡や歴史的な逸話が残っていて、縄文時代のストーンサークルまである。

こういうものを観光資源として売り出せば、もっとずっと町が栄えるだろうにとみゆり思うのだが、あえてそうしないのだ。

注目されて人が押しかけるほどには目立たず、かといって忘れ去られてしまうほど埋没せず、という絶妙なバランスを取り続けている。

世界を変えられるほどの資源を隠すために。

「アイヌのあやかしたちが、そこかしこにいだなぁ。もっと時間があれば仲良くなれだかも」

森を離れる車内から、名残惜しそうにたえが振り返る。

楽しい思いをするほど離れがたく感じるのは、人間もあやかしも変わらないのだろう。

「けど、そろそろ晩ごはんの算段をしないとね。なに食べたい？　たえちゃん」

「函館さきだら、絶対にいがねばなんねぇ店があるんでねぇの？」

そういってたえがなにかにかぶりつくようなジェスチャーをした。

もちろん函館人ならば仕種だけでピーンとくる。ピエロの看板が目印の、函館界隈にだけ展開しているファーストフードチェーンだ。

◇

「薪で焚いたハーブの薬湯、疲れた身体に染みわだるの」

湯船に浸かり、ふぃーとたえが満足の息をついた。

今日は『ねこの湯』の定休日だけれど、特別にお風呂を沸かした。

ドライブの〆は、やっぱりお風呂に限るだろうから。

「移動距離はざっと百五十キロだもんね。さすがに疲れたっしょ」

「けんど、心地の良い疲れだすけ」

笑顔の質が昨日とは違う、もっとずっと晴れやかなものだった。

それは、たえ自身がなにかをしたいという自分の意志を持ったからなのだろうとみゆりには思える。

「良い顔になったね。たえちゃん」

「みゆりもな」

「あら？　ばれちゃった？」

「たぶん、わぁとおめさまは同じ思いをもってたんでねがな。だから真澄が引き合わせたのがもしれね」

「食えないじじいよね。あのご隠居も」

みゆりはくすりと笑った。スマリ様に続いて、ご隠居にまでまんまとしてやられたようだが、悪い気分ではなかった。

自分の存在意義について疑問をもつようになった座敷童と、東京での暮らしから逃げたことがしこりとなっているみゆりをあえて対面させたのかもしれない。

もっとも、たえが前を向いたきっかけは倖人の言葉だけれども。

「そんでもねえよ」

たえがまっすぐにみゆりを見る。

黒く深い瞳は、やはりこの子が齢《よわい》五百年を超えるあやかしなのだ、と感じさせた。

吸い込まれそうになる。

「倖人の言葉だけだら、たぶんわぁは領げながったよ。先を行く者が乗り越えたハードルを、自分が跳べたんだからと言われでも、ながなが走り出せるもんでね」

けんど、と、座敷童は一度言葉を切った。

「みゆりの前で、わぁがうじうじ悩み続けるわげにいがないべ？　人生の先輩としでさ」

「うん。一緒に乗り越えてくれてありがと。たえちゃん」

みゆりが微笑んだ。

奇妙なものだが、こういう元気づけ方というのもあるらしい。

一方的になにかを与えるのではなく、手を取り合って悩みを乗り越える。そうすることによって勇気が湧く。

格好悪いところは見せられない、というのは、ずいぶんときかん気に満ちた理由だと思うけれど。

「わぁな、しばらぐ函館に住むことにしたから」

ふふと大人っぽく笑ったたえが話題を変える。

唐突な話だが、みゆりはあまり違和感をおぼえなかった。移動中も、なにか心に秘めた決意があるように感じられたから。

「北海道の美味を食い尽くすまで、遠野には帰んね」

「そっちに走るんだね」

思わず笑ってしまう。

彼女が見つけた人生の楽しみは、食い倒れらしい。たしかに昼食や夕食に加えて、おやつまで堪能していた。

「まだジンギスカンも食べてねえべし、今日の帰りに前を通った『ひこま豚』の店もうまそうだったじゃ。それに北斗市では黒毛和牛を育ててるっていうでねえが。あと噴火湾のホッケもウニもホタテもボタンエビも毛ガニも」

食べたいものリストをつらつらと並べている。

本気でこの島を味わい尽くすつもりらしい。

かかってこい座敷童、受けて立つぞ、と、勝手に道産子を代表して、みゆりはたえの挑戦状を受け取った。

「そう簡単に北海道は食べ尽くせないよ。食べきるまでに何十年かかるかな?」

「勝負だな」

ふたりして笑いあう。

「そんだば、おめさまの願いの話をするべか」

ひとしきり笑ったあと、たえが切り出した。

「わぁだちとよしみを結びてえって人間の目的は、ひとつしかないがらの」

「だよね」

歓待するのは家に取り憑いてもらうため。百パーセント打算だ。

「だからさ、私がたえちゃんに願うことはひとつだけなんだ」

「んむ」

「私と、お友達になってください」

「は?」

予想の斜め下の発言に、たえが間の抜けた声を出す。

もしこの場にさくらがいたら、みゅりの図太さは五百年を生きる大妖怪すら呆れさせるのね、と笑っただろうか。

想像すると少しだけおかしくなった。

「家に憑かねば、わぁのチカラは発動せんよ？　友達割引とか、そういうのはないんじゃよ？」

混乱しているのか、たえの言い方がちょっとおかしい。

くすりとみゆりが笑う。

「私の仲間にミントゥチがいるんだけどね。彼女の力も富貴をもたらすってもんなんだ」

「番台にいた娘じゃな。けんど、わぁのチカラに反作用はないすけ」

幸福になった分、他の誰かが不幸になるということはない。座敷童の力はピンポイントで、憑いた家の金運をものすごく良くするだけ。宝くじに当たったり、千客万来になったり。

誰かの不幸と引き換えに儲かるわけではない。

もちろん、得た金を使って当人が誰かを不幸にしてしまうことはあるが、それは座敷童ではなく人間の責任だろう。

「リスクのないチートな力に頼るってのは、違うかなって思ったんだよね」

「わぁのチカラはチート扱いってのは、業腹《ごうはら》じゃのう」

「ホントのことをいうとね。最初はたえちゃんのチカラをまったくあてにしてなかったかといえば嘘になるんだ。だけど、私自身がたえちゃんと友達になりたいと思っちゃった」

そしたら、もう利用はできないよねとみゆりが微笑む。

損得勘定で結ばれる友情なんか存在しない。

同じような痛みを胸に抱え、そして一緒に乗り越えた仲だ。

この絆を大切にしたい。

「篠原くんが言った、やりたいからやってるってやつさ、ちょっと感動したんだよね。私もそうありたいと思ったんだ」

だからこそ、座敷童の力で簡単にクリアしちゃいけない。

それはきっと、一緒に頑張っている仲間たちを馬鹿にする行為でもあるだろうから。

「本当に良いんだな？」

「じつは今も悩んでる。お客さんが少ないのは事実だし、経営だってギリギリだし」

かろうじて食べていけてはいる。

しかし、イナンクルワや祭、さくらに給料を払えていないのだ。

神の眷属やあやかしに金銭は必要ないとはいえ、それに甘えなくてはいけないというのは経営者としてかなり情けないものがある。

「じょっぱりだなぁ、みゆりは」

意地っ張りや強がりというほどの意味の方言だ。

東北から道南にかけて広く分布しているが、若い人はほとんど使わない。

「懐かしい。おじいちゃんにも言われたことあったよ。それ」

「ちなみに、季太郎もわぁにそう願ったんだよ。わぁが『昭和湯』に憑いてやろうかと言ったとぎな」

かつて『昭和湯霊泉』を開こうとした立花季太郎は、勉強のために遠野を訪れた。どのようにして霊泉を運営するか、事前にいろいろ調べたり研究したりするのは当たり前の話だろう。みゆりとさくらが考えなしの見切り発車過ぎるのである。

そしてそこで季太郎はさまざまなあやかしと縁を結んだ。

座敷童もその一人で、彼女は頼りなげな若き日の季太郎を見かね、手伝ってやろうかと申し出たのである。

「霊力も小さすぎでの。正直、あやかしを相手にしだ商売なんができるとは思えなかったじゃ」

「まあ、私の家系に霊能者とか陰陽師《おんみょうじ》とかいないし。でも、なんでおじいちゃんは霊泉をやろうなんて思ったんだろ？」

「わぁもそこまでは聞いてねえけども」

なにか事情があったのだろう。

そしてたえからの申し出を、彼はやんわりと断った。

それよりも俺と友達になってくれないか、と。

せっかく座敷童が家に憑いてくれるというのに。成功は約束されたようなものなのに。

「血は争えんということだべな」

「もったいないことをしたなぁ、おじいちゃん」

「おまいう」

正直すぎる感想を述べたみゆりに、びしっとたえちゃんがツッコミをいれる。仰角《ぎょうかく》四十五度の美しいフォームである。

それから突っ込んだ方と突っ込まれた方、二人して笑いあった。

「でもさ、『ねこの湯』に憑かないとしたら、たえちゃんってどこに住むの？」

ふと気になったことを訊ねてみる。

子供の姿では家も借りられないだろう。

「真澄の屋敷にでも厄介になるじゃ。あそこも広いしの」

「広いんだ」

「金持ちじゃもの」

「なんとなくそんな気はしていた」

新幹線のチケットを送ったり、観光の軍資金を預けたり。貧乏人にできることではない。

さすがはぬらりひょん。妖怪の総大将である。

どういう手段で稼いでいるのかは、まったくの謎。

あやかしだからなぁ、悪いこととかしてないと良いけど、などと埒もないことを考えるみゆりだった。

「ともあれ、久しぶりにできた人間の友達じゃ。これからもよろしぐの。みゆり」

「こちらこそ。たえちゃん」

差し出された小さな手を、みゆりはがっちりと握り返した。

第四章　お節介は女将のたしなみ

どこかから軽やかな音楽が聞こえる。きっとお祭りでもやっているのだろう。

函館はけっこう大道芸なども盛んで、頻繁にイベントが開かれているのを見かける。

「電話よ。ついでに今日は平日よ」

着信音をBGMにむにゃむにゃと寝言っぽいものを呟いていたみゆりの顔に、のしっとさくらが乗った。

「むはっ!」

窒息死する直前に、なんとかさくらを顔から引き剥がす。

「おはよう。みゅり」

みゆりに抱っこされたまま、さくらが可愛い顔で挨拶した。

「起きるか死ぬかの二択な起こし方はやめていただきたいんですが!」

ぜーはーと荒い息を吐きながら苦情を申し立てる。

死ぬかと思った。本当に死んじゃうかと思った!

「電話よ」

「こんな朝っぱらから誰よ……」

　スマートフォンの画面に表示されている時刻は朝の八時半。一般的な会社員なら
とっくに行動している時間帯だが、木曜日はねこの湯にとって週に一回しかない貴重
な休日。正直もう少し寝かせておいてほしかったという気持ちだ。

　平日であることには変わりないいんだけれども。

　電話の主を確認してしぶしぶ耳に当てると、電話口からたえの声がした。

『みゆり。暇なら遊ぼう』

　いきなり誘われて面食らう。

「暇ってわけでは……」

『休みだから昼まで寝てようとか思ってたんでないの？　それは暇っていうんだじゃ』

「エスパーめ……」

　さらっと言い当てられ、ぼそぼそと文句を言う。

「……これからたえちゃんと遊ぶことになりました」

　そう長くもない通話を終え、さくらに報告する。

「みゆりが流されやすいのか、たえの話術が巧みすぎるのか、たぶん両方ね」

　二本の尻尾を振りながら、猫又がなんともいえない表情をする。

それもあるけれど、たえに言われた通り、せっかくの休みをごろごろだらだらと過ごすのがもったいないのは事実だ。

イナンクルワや祭も誘って五稜郭でも行こうという提案も楽しそうで、いそいそと準備を始める。

「五稜郭にいくなら栄好堂《えいこうどう》にも寄りたいし」

「昔からのひいきだもんね」

さくらが昔を懐かしむようにくすりと笑う。

栄好堂というのは中学生の頃からよく通っている本屋さんだ。

一目惚れした本を衝動買いして、ベッドに寝そべりながら読む。当たりだったハズレだったとえらそうに感想を口にするのを、隣に転がるさくらはいつも聞いてくれていた。

そして、当時は栄好堂が美原にあって家から一番近かったのだけれど、何年か前に五稜郭の老舗《しにせ》デパートの中に移転して、名前も函館栄好堂に変わった。

いまの栄好堂は『ねこの湯』からは少し離れているため、移動はバスを使うことになる。徒歩移動のようにふいっと出かけるわけにはいかない。

東京から戻ってきて、出かける前にはバスの時間を調べないといけないのだと思い出した。公共交通機関の利便性では、田舎は絶対に都会に勝てない。

「五稜郭までいくなら肉食おうぜ。肉」

「祭はそればっかりだねぇ」

「世の中は肉だからな」

四人で乗り込んだバスの中では、祭がいつも通りのブレないことを言っている。

彼女にとって人生に悲劇は二つしかない。

ひとつは肉が食えない悲劇。もうひとつは肉を食い過ぎた悲劇である。

「もうちょっと他に悲劇はあると思うけどね」

「そういう女将さんは、もう少しおしゃれな服を買った方がいいかと。東京からきたシティガールだというのに、あまりにも……」

「さっちん。ケンカなら買うよ。最後まで言ってみれ」

リングの上のプロレスラーみたいに、うりうりと挑発する。

お母さんなイナンクルワは、みゆりのファッションが気になるらしい。

女が三人集まればなんとやら、きゃいきゃいと騒がしい。

唯一口を開かないさくらは、いつもどおり小さくなってみゆりのバッグの中にいる。

五稜郭のバス停は老舗デパートの目の前にある。さきに到着していたたえが、ぱたぱたと手を振ってみゆりたちを迎えてくれた。

「ていうかたえちゃんって一人でバスに乗ったの？　不審がられなかった？」

みゆりが首をかしげる。

座敷童のたえは、さくらやみゆりはもちろん、イナンクルワや祭よりも年上だけれど、見た目は小学校低学年くらいの女の子だ。

こんな子が一人でバスに乗り込んできたら、運転手が不審がったりしないだろうか。

「わぁは一人で北海道にきたけどもな?」

「あ」

言われて気づいた、という顔のみゆり。

「あでないべ。新幹線に普通に乗れてるんだから、バスだって普通に乗れるに決まってる。ちょっと考えれば判るんでないの?」

「そこに気づかないのがみゅりの魅力なのよ」

ぴょこんとバッグから顔を出したさくらが弁護した。

観察力が足りなくて脇が甘いところがまた可愛いのだと続ける。庇うならちゃんと庇ってほしいとみゆりが抗議したが、華麗にスルーされる。

「それはよく分かる」

たえが大きく頷き、みゆりはますます微妙な顔になった。

子供のあやかしや猫又に可愛いと思われるというのは、なんとも言えない気分だ。

「どこにいても不思議には思われない、というのが座敷童の特性ですからね」

そしてみゆりの疑問にはイナンクルワが解説してくれる。

子供たちが遊んでいるとき、いつの間にか一人増えている。しかし誰もそれに気がつかず普通に遊び続けるというのが座敷童の伝承の一つだ。

あやかしの力というのは伝承や人間からどう思われているかという認知度によって決まってくるため、座敷童がどこにいても変だとかおかしいとか感じる人はいない。

たえのような子供が一人で新幹線に乗っていようが、バスに乗っていようが、あるいは酒場に出入りしていようが。

「今のご時世だったら虐待とか疑われそうなのにね」

ふーむとみゆりが腕を組んだ。

そこでふと気がつく。

「酒場？」

「倖人のかくてるばーじゃ。なかなか、ろうまんちっくでしゃれた店だったじゃ」

「いったの？　誘ってよ私も！」

「みゆりはいつも仕事中でないの」

ねこの湯と倖人の店であるＡｂｏｒｄａｇｅの定休日は、ともに毎週木曜日。だから、ねこの湯が休みの日に顔を出すというのはできない。

一応、ねこの湯はＡｂｏｒｄａｇｅより二時間半はやく店じまいするから、営業日でも頑張ればいけないこともない。ただ、それだと強行軍になってしまうのだ。

店を閉めた後に売上の計算をして、残り湯にみんなで浸かり、軽く清掃を終えたら日が変わる直前くらいになっている。

そこから倖人の店に行っても、閉店まで三十分あるかないかというところだろう。

「あずましくないし」

少しだけ言い訳めいたことを言うみゆり。落ち着かない、据わりが悪い、という程度の意味だ。

「それでも顔を出せば倖人は喜ぶべ。みゆりだってわんずかでも倖人が入りにきたら嬉しかろ？」

「あー……」

たしかにそれはある。

倖人は仕事前にちょくちょく『ねこの湯』にきてくれて、そのときに交わすちょっとした会話が、けっこう楽しかったりするのだ。

一本取られたな、という表情をみゆりが浮かべる。

「それとおんなじだ。そんなわけで、このあと『あぼるだーじゅ』にいぐべし」

肩かけバッグからスマートフォンを取り出したたえが、さっそく倖人に連絡を取る。

そもそも今日はＡｂｏｒｄａｇｅも休みのはずなのだが、どうやら快諾されたらしい。

思い立ったら即行動、じつにアグレッシブな座敷童だ。

そんな伝承ってあったっけな、と、みゆりはどうでも良いことを考えた。

ともあれデパートでショッピングを楽しんだ後は、みんなで倖人の店に押しかけるということになるらしい。

唖然と見守っているみゆりの前で、なんだかぽんぽんと話が進んでいる。

「むう……」

「みゅり以外が倖人と仲良くしてるのをみて妬いちゃった？」

少しだけ不本意そうなみゆりに、笑いながらさくらが話しかける。

「なんでそうなるのよ！　たえちゃん子供じゃん！」

思わず声が高まってしまった。

理由は自分でも判らない。

「見た目はね。でも中身は五百歳以上よ」

「それはそれで大問題じゃん……」

冗談めかしてくれたさくらに、少しだけ感謝しながら言葉を返すみゆりだった。

◇

デパートに着くなり祭は地下の食品売り場へ向かい、イナンクルワは婦人服売り場へと旅立った。二人の性格を反映したチョイスだと思う。

みゆり自身はたえと一緒に六階の函館栄好堂へと向かった。もちろんバッグの中にはさくらが隠れている。

エスカレーターを降りたすぐ前に展開されている特集コーナーが目に入った。

「アウトドア、やっぱり流行ってるんだね」

手作りのPOPや平積みされた書籍が、かなり目立つように配置されている。書店員の力のいれ具合が判るな、とみゆりは評論家ぶって頷いた。

「かまどの作り方のう。ねこの湯でもばーべきゅー大会でもやったら、人間の客も呼び込めるんでないの？」

目立つ場所に置かれた本のタイトルを読み上げ、たえがアイデアを出す。

「面白そうだけどね」

みゆりが肩をすくめた。

アイデアは魅力的ではあるが、食べ物を提供するイベントとなると法的な手続きが煩雑だ。万が一にでも食中毒を出したら大変なことになるし、そもそもみゆりは有償で食べ物を提供する資格がない。

もちろん大バーベキュー大会なんて開く予算がないというのもある。

「お金がなくてできることなんて、息をすることと、お金持ちになった自分を空想して遊ぶことくらいよねぇ」

「そんな哀しい遊びをするくらいなら、素直にわぁに憑かれれば良いのにの」

たえが苦笑し、みゆりが肩をすくめた。

面倒な性格をしているという自覚はあるが、簡単になおるものでもない。

一緒に書架をまわり、気になった本を手に取る。

「みゆりはどんな話が好きなんだべ？」

「私はノンジャンルだよ。気になったらなんでも読む感じかな」

話題作だとか映画化されているとか、そういうのはあまり気にしない。

決め手になるのは表紙とタイトル、あとはあらすじだけ。

「なんだか賭けみたいな選び方だべ」

「そおかな？」

レビューなどで確認もしないのかと呆れ顔のたえに、みゆりは首をかしげた。

他人がどう感じたか、というのはあまり参考にならない。誰かにとっての名著が、他の誰かにとっての駄作なことなど、いくらでもある話だから。

「私は私の直感を信じたいかな。それでハズレを引くのも、読書の楽しみのひとつだと思ってるよ」

「さすが、わぁの手を取らなかったじょっぱりだの」

「そもそも、その本が面白いかつまらないかは私が判断するよ。他人の意見は必要ないって」

「で、つまんないー、買わなきゃ良かったーって、高校生の頃ベッドでジタバタしていたわよね」

バッグの中からさくらが、みよりたちにだけやっと聞こえる声で言う。

懐かしいな、とみゆりはちょっと微笑した。

さて、デパートでショッピングをしたり五稜郭公園を散策したりして二時間ほど過ごし、『ねこの湯』のある昭和二丁目へと移動する。

倖人の経営するバーというのは、みゆりの実家と同じ町内にあり、歩いて十分はからない程度の距離だ。

だから小学校も中学校も一緒だった。子供の頃などは、よく互いの家を行き来したものである。

「外観もおしゃれだねえ」

ほえほえと感心するみゆり。

神社の境内にあった古い土蔵を改造して作ったというカクテルバー。なかなか趣《おもむき》のあるたたずまいで観光客にも好まれそうな雰囲気だった。

「おそかったな。みんな」

「お土産を買ってたからね」

笑いながらみゆりは手土産のケーキを渡した。デパートで購入した、それなりに高級品である。

こういうものが必要なほどよそよそしい関係ではないが、休みの日に店を開けさせるわけだから、多少の気遣いは必要だろう。

「それにしても、しゃれおつな店だねえ」

「どうして業界人みたいな言い方になるのか」

外観と同様、レトロとモダンが絶妙に溶け合い、照明の一つ、スツールの一つにまで店主の細やかな心配りが感じられる。

ずっとここにいたいような、でも、なぜか家が懐かしくなってしまうような。そんな不思議な感覚だ。

「さすがゆきのセンスね。みゅりの部屋なんて実用一点張りだもの。これじゃあ、どっちが東京で暮らしていたのか判らなくなってしまうわね」

「にゃんだとう！　東京の人がみんなおしゃれな生活をしてると思うなよう」

からかわれたことに腹を立て、抱っこしてやろうと伸ばしたみゆりの手をするりとすり抜け、さくらが倖人の肩に飛び移った。

体重などないかのように軽々と乗ったさくらは、首の下を撫でられてごろごろと喉を鳴らしている。

「ああん。さくらが私を捨てたぁ」

きゃいきゃいと会話を楽しんでいる間に、他のみんなはみゆりたちのカウンターから離れたテーブル席についてしまった。

「なんでみんなそっち行くのさ」

「お邪魔するのもどうかと思いまして」

「んだんだ。そっちは熱いじゃ」

「あたいはそんなケツが落ち着かねえ洒落椅子は嫌だってだけだけどな。女将と倖の字がいちゃつきたいなら止めないぜ。思う存分やってくれ」

裏切り者ばっかりだ。

◇

鮮烈なまでに澄んだ青。

淡く深く。海の底から空を眺めるように。

浮かべられた輪切りレモンに、なぜか胸が苦しくなる。

それはまるで、叶わぬ恋に身を焦がしているようだった。

「綺麗……」

「オリジナルのモクテル『月は出ているか』だよ」

思わず呟いてしまったみゆりに倖人がバーテンダーの顔で微笑み、テーブル席のみんなのもとにもドリンクを運ぶ。

イナンクルワの前には弾ける泡がまるで星屑のような『銀河鉄道の夜』、たえにはピンク色も愛らしい『貴婦人と一角獣』。

どちらもモクテルだが、祭は、んなガキの飲むようなものはいらんと主張して、ちゃんとアルコールの入ったソルティドッグだ。

「こりゃ流行るのも判るわあ。おしゃれな店、大人な雰囲気、イケメンのバーテン。篠原くんが悪い女に引っかからないか、お母さんは心配だよ」

「立花は俺の母さんだったのか。そいつは新機軸だ」

「その他にも、お姉ちゃんと親友の役割を兼ねてます」

「へいへい」

肩をすくめ、小さくため息を漏らす倖人。

「姉さんじゃなくて妹だろ。しかもむちゃくちゃ手のかかるやつだ」

「いつもすまないねえ。苦労をかけて」

「いいってことよ。今日はきてくれてありがとうな。立花、さくら」

セリフの後半は真面目な表情になる。

ん？　と、みゆりが首をかしげた。

お礼を言われるようなことだろうか？　休みの日に押しかけているのに。

「こないだから、ちょっと変なことが起きていてな。ご隠居に相談していたんだ」

ご隠居というのは妖怪ぬらりひょんの菅江真澄のことだ。そしてたえが身を寄せている家の主人でもある。

「ふうん？」

よく判らないまま曖昧に頷いた後、みゆりが振り返れば、そのたえがにこにこと笑いながら手を振っていた。

それを見た瞬間に理解する。

はかられたのだと。

朝のたえの電話やバーについての話は、みゆりをここに誘うためだったのだ。

「回りくどいことを……」

倖人が困っているなら、そう言ってくれれば一も二もなく駆け付ける。

遠慮なんかされた方が迷惑だ、とは、かつて倖人も言っていたことではないか。みゆりだって同じだ。

「むしろ、なんで私に一番に相談しないのよって話よね」

ぷんすかと腕を組めば、すまんすまんと倖人が頭を掻いた。

「モノがあやかし絡みだから、まずはご隠居に話を通すのが筋だと思ったんだよ」

「総大将だからねぇ」

伝承や伝説にあり方を引っ張られるあやかしの例に漏れず、ご隠居も妖怪の総大将であるぬらりひょんとして、函館界隈のあやかしを束ねるような立場にある。

「で、なにが起きてるの？」

軽く肩をすくめながら、みゆりが話を戻す。一番に相談してもらえなかったことは不本意ではあるけれど、倖人は筋を通しただけ。ここをないがしろにしちゃうと、あちこちに角が立ってしまう。

「視線を感じるんだ。あと、いつの間にか酒や食い物が減っている」

「怖！　泥棒じゃん！」

「経営に影響するほどの量じゃなくて、あれ？　これ使ったたっけなって首をかしげるレベル。普通は気づかないと思う」

倖人が気づいたのは、彼に霊感があるからだ。

酒棚の一角、冷蔵庫の隅、乾物を収めている棚、物が消えた場所のそこかしこに霊力の残滓《ざんし》を見て取ることができたのだという。

「さすが主人公……」

「いつまでそのネタを引っ張るつもりなんだよ。立花は」

苦笑する倖人が肩に白い猫又を座らせている絵面《えづら》は、そのまま映画のポスターになってもおかしくないくらいに決まっている。

ヒロインはさっちんかな。私じゃ見劣りしすぎるし、と自嘲《じちょう》してみたりして。

「いきなりご隠居が動くのは大袈裟だからってことで、まずはたえちゃんが来てくれたんだけど」

「わぁはケンカ弱いすけの。援軍が必要だと思って、みゆりたちば巻き込むことにしたんじゃ」

「ひっでえ理由だな！」

がははは、と笑った祭が続ける。

「出てこいよ。気づかれてないと思ってるわけじゃねえんだろ」

迫力のある声でそう告げた瞬間、倖人の背後にゆらりと人影が現れた。

「「うわぁ！」」

驚愕の声を重ねるみゆりと倖人。イナンクルワはさりげなくたえちゃんを守る位置に身体を入れる。

「やっと姿を現したわね。コシンプ」

倖人の肩に乗ったままさくらが薄く笑う。

それを見て、黒い髪と黒い服の女が憎々しげに口を開いた。

「小賢しい猫又。私をその男に憑かせないためにずっとまとわりついて」

「さくらがずっと篠原くんに乗っかってたのって、守ってたってこと？」

「そうよ。浮気だと思った？」

店に入った瞬間に不穏な気配を感じたため、さくらはみゆりのそばから移動したのだという。

コシンプ、と呼ばれたあやかしを見て、いままで出会ってきたあやかしたちとは違う、もっとずっと危険ななにかをみゆりは感じていた。

「神社の小せがれ風情と半人前の猫又が、この私と戦うつもり？　とんだお笑いぐさね」

「意地があるんだよ。男の子には」

「もちろん女の子にもね」

小馬鹿にしたような女に、倖人とさくらが笑みを見せる。

肉食獣の笑いというやつだが、半分以上は虚勢《きょせい》だ。

「こいつはなんなんだ？　さくら」

肩に乗ったさくらに倖人が訊ねる。

「アイヌのあやかしで、どっちかっていうと精霊《せいれい》に近いわね。人間に取り憑いていろんな悪いことをするのよ」

しかも取り憑かれた人間は生命力を奪われてすぐに死んでしまう。

なかなか最悪だが、気に入った男に取り憑いた場合には善神となって、さまざまな恩恵を与えてくれるのだという。

「篠原くんに取り憑いてるの？」

じっと身じろぎもせずにやりとりを見ていたみゆりが確認する。

「いいえ。まだ憑いてないわ。だからさくがガードしたの」

「だったら、たぶん安心だよ。彼女に私たちを害するつもりはない。違う？　コシンプさん」

みゆりはさくらの背中を撫で、倖人の腰をぽんぽんと叩いた。

「なぜそう思う？　『ねこの湯』の守り手」

「取り憑くチャンスなんて、私たちが現れるより前にいくらでもあった。それをしないで、わざわざ痕跡を残してたのはどうしてって考えたら、自然に答えは出ると思うよ」

倖人が『ねこの湯霊泉』と関わりが深い人間であることは、函館界隈のあやかしたちにちょっと聞き込みすればすぐに判る。

スマリ様やぬらりひょんとも言葉を交わせるレベルだと。

敵対したら、神だの総大将だの出てくるかもしれない。そんな人物にわざわざケンカを売る理由などない。

「普通に考えればね。でも普通じゃないことが起きてる。それなら、なにか普通じゃない理由があるってことでしょ」

そしてその普通じゃない理由とは、まさにそういう連中を引っ張り出すため、ということになる。

倖人にちょっかいをかけることで、その周囲にいるものとコンタクトを取る、というのがコシンプの目的だ。

淡々と考えを披露するみゆり。

「名推理ね。守り手」

黒い服の女が唇を歪める。さくらがやるような、本人だけが邪悪だと思っているような笑みではなく、本当に邪悪な雰囲気だ。

「みゆりだよ。立花みゆり」

「私はクンネヌイ。コシンプのクンネヌイよ」

しかし、みゆりが名乗るとおだやかに名乗り返してくる。

予想した通り、敵対するつもりはないようだ。

◇

クンネヌイが倖人に接触を試みた目的。それは『ねこの湯霊泉』の現在の守り手であるみゆりに交渉をもちかけるためだった。

だから倖人に取り憑くチャンスがあったのに実行せず、微妙ないたずらを繰り返して、守り手が現れるのを待っていたのである。ここにいるよ、という自己主張だ。

そしてみゆりたちが現れたので、いかにも悪人っぽい言動で姿を現した。

「ていうか直接『ねこの湯』にくればいいんじゃないの？」

みゆりは首をかしげる。だってあまりにも回りくどすぎる。それに、わざわざ脅すような真似をしないで、ただ頼んでくれればいいのに。

「それは仕方ないのよ」

ぴょんとみゆりの肩に戻ったさくらが、いつもどおりの訳知り顔で説明をする。

あやかしも神様も、人間に「助けてくれ」とは言えない。そういうことをすると存在自体が危うくなってしまうから。

「だからあしも、助けてとは言えなかったんですよ。女将さん」

「スマリ様も助けてくれって言わんかったべ？　自分が弱体化して困ってるくせに」

テーブル席から、イナンクルワと祭が教えてくれた。

言われてみれば、きちんと助けを求められたことはない気がする。お礼を言われたことはあるけれども。

「不思議な話だね」

みゆりは呟く。

あやかしのこと、神様のこと、少しは判ったつもりになっていたけれど、まだまだ知らないことの方がずっと多い。

「まあ人間だって、助けてあげるとは言いやすいけど、助けてくれとは言いにくいでしょ。そんなノリだと思えば良いわ」

「そういうのって、たしかにあるかもね」

ふっとみゆりが小さく笑う。自分はちゃんと他人に助けを求められていたかな、と。

「長老が弱っているの。助けてほしい」

言っているそばからクンネヌイが助けを求め、苦しそうに胸をおさえる。

「ちょっと！　大丈夫なの？」

たたっと駆け寄ったみゆりが背中をさすってやった。

いまのいままで、あやかしは助けを求めないという話をしていたのに。

「……大丈夫。ちょっと苦しいだけ」

「まったく大丈夫には見えないんだけど？　話はちゃんと聞くから落ち着いて」

そう言ってみゆりは、クンネヌイを支えながら椅子席へと導いた。

お人好しめ、という仲間たちの視線に気づかないでもないが、見捨てるというのはない話だ。

お人好しって思われたってかまうもんか、と、心の中で開き直りつつクンネヌイに訊ねる。

「長老って？」

「レブンエカシ。日本語だと沖の長老って意味の巨大なあやかしよ」

答えたのはさくらだった。

噴火湾にはたくさんのあやかしが棲んでいて、レブンエカシはそのひとつ。鯨を八頭も飲み込める大きさなのだという。

「ちょっと想像がつかないかなぁ。鯨八頭ってどのくらいなんだろう」

あやかしというより怪獣みたいだ。

「怪獣がいるなんて、どうなってんのよ噴火湾」

「恵みの海だからね」

「その一言ですべて片付けられると思わないでね？」

「話を進めていい？」

隙あらば脱線しようとするみゆりとさくらに半眼を向け、クンネヌイが言う。

その表情は、頼っちゃったけど本当にこいつらで大丈夫なんだろうか、と雄弁に語っているようにみゆりは感じたが華麗にスルーしておく。

レブンエカシを長老と呼ぶのは、彼がかなり古いあやかしだからだ。聞けば、たえよりもさらに年上らしい。

そして霊力不足で弱っている。これもまたいつも通りというか、界隈のあやかしのお悩みの半分くらいはここに帰結する。

「うちにくれば良いのに。人化はできるんだよね？」

みゆりがこてんと首をかしげた。

ねこの湯には、神様だって入りにくる。レブンエカシの正体が巨大怪獣だろうと、ちゃんと人間の姿になれるなら、拒絶する理由はない。

「それが……霊泉は元の昭和湯しか認めないし、守り手は立花季太郎しか認めないという頑固者なの」

「認めないと言われても……もう代替わりしてるし……」

みゆりはこめかみのあたりに指を当てた。

ねこの湯を昔の昭和湯に戻すことはできない。祖父を生き返らせることは不可能だ。

「来たくないならこなければ良い、と、普通の経営者の俺なら言いたくなってしまうけどな」

「うちは霊泉だからねぇ」

ふんと鼻息を荒くする倖人に、みゆりが笑ってみせる。

霊泉は趣味で浸かるものではない。霊力を補うために必要な施設だ。

生きるためのエネルギーを食事で完全にまかなえないあやかしの場合、霊泉から霊力をもらわなくては消えてしまう。

ほっといたら消えてしまうと判っているのに手をこまねいて見ていることはできない。

このあたりは相手が人間だろうとあやかしだろうと神様だろうと同じ。

「なんとかしないと」

「みゆりならそういうと思ったわ。さくも手伝うわよ」

銭湯の女将さんというのは少しお節介なくらいでちょうど良い、と、相変わらず上から目線なさくらに、みゆりがありがとと短く礼を言った。

「もちろん俺も協力するぞ。乗りかかった船だしな」

もう一人の相棒、倖人が宣言する。

「うん。アテにしてるよ。親友」

「任せとけ。親友」

くすりと笑いあったみゆりと倖人が拳をぶつけた。

◇

「なんというか、道ってまっすぐに伸びてないものだね」

翌日の営業中、みゆりは番台でため息をついた。

ねこの湯の客数を増やす、という命題にはなかなか取りかかれない。

「さくたちの前に道はないのよ。さくたちの後ろに道ができるの」

高村光太郎の『道程』をもじった言葉で、さくらがみゆりのぼやきを受け流す。

「道路工事みたいだね」

くだらない解釈をするみゆりにさくらが半眼を向けた。

「レブンエカシはおじいちゃんと知り合いだったってことよね」

「そして昭和湯の常連だったんでしょうね」

昭和湯を愛してくれていた。だからこそ守り手の代替わりを認めることができないし、ねこの湯などというぽっと出の霊泉など認められないのだろう。まさに絵に描いたような頑固者だ。

けれど、昭和湯が閉まってから霊力を補っていないとすれば、かつてのイナンクルワのような、かなりひどい状態になっているはずだ。

「噴火湾に住んでいるなら、そこまで消耗してはいないと思うんだけど、図体が図体だからなんともいえないわね」

さくらが白い尻尾をふりふりと振る。噴火湾は恵みの海だ。森町と同じように、アイヌ伝承のあやかしならば、そこにいるだけである程度の霊力は補われる。

「まずはゆきたちの説得工作に期待するしかないわね」

そう言って、さくらは猫座りしたまま器用に腕を組んだ。

長老が気に入らないであろうねこの湯側の人間が動いたら逆効果になる可能性がある。なのでまずはＡｂｏｒｄａｇｅに誘い、頑固者の心を酒で解きほぐすという作戦だ。

クンネヌイが間に立って酒の場に誘い出す交渉をおこなったらしいが、詳しい内容まではみゆりは知らない。

意外と素直に応じてくれたという倖人の言葉から、酒好きなのかなと想像する程度である。

「安直といえば安直だよね。呑ませて懐柔《かいじゅう》するなんて」

「仕方がないわよ。切れる手札そのものが少ないんだから」

倖人のカクテルバーとみゆりの銭湯、こちらの手札はそれしかないから、お風呂がダメとなれば酒場に誘うしかない。

「説得材料としてイケニエとか要求されたらどうしよう」

「アイヌの神やあやかしは、どんな形であれ生贄《いけにえ》や人身御供《ひとみごくう》を要求しないわ。神としては比較的厳しい部類だけど、そこだけは人に優しいわね」

「でも、噴火湾のあやかしは船をひっくり返したりしてたんでしょ？」

「それは生贄じゃなくて狩りね。人が獣を狩るように、あやかしが人を狩って食べていた時代もあるの」

はるか大昔だけどね、とさくらが付け加えた。

美味しいものが溢れている現代、わざわざ人間を襲って食べる理由は消滅したのだという。

連絡があったのは、そろそろねこの湯の閉店時刻が近づいてきた頃合いだった。

お客さんが多い時間帯は開店直後と夜七時前後で、九時をまわった後の今くらいの時間だと閑古鳥が鳴いている。客層の大半がお年寄りとあやかしなのだから仕方ない。

「会ってくれるって」

画面を確認して、みゆりがさくらに倖人からだと伝える。

「一回目の交渉でサインしてくれたみたいね」

「プロ野球の契約更改じゃないんだから」

さくらの言葉に苦笑しながら、交渉前の事前情報として、みゆりはメッセージの内容を軽く説明した。

「そこそこ好感触だったっぽい」

「でも、ねこの湯にきてくれる、というところまではいけなかったみたいね」

「さすがにそれは欲を出しすぎだよ。スタートラインに立てただけでも篠原くんには感謝しなきゃ」

といっても、じつはスタートラインではない。

相手はすでに酒が入っていて、しかも倖人の絶妙なトークとＡｂｏｒｄａｇｅの雰囲気で心地よくなっている。

かなりゴールに近いところから走り始めることができるのだ。

頼りになる相棒は、充分に役割を果たしてくれた。ここからはみゆりの出番だろう。

決意を新たにして営業終了後、残りの作業をイナンクルワと祭に任せたみゆりは、さくらと一緒にＡｂｏｒｄａｇｅに向かった。

歩いて十分ほどの距離なので散歩などにもちょうど良い。

普段からもっと顔を出すべきだよね、友達として。などと、なぜかちょっと通う理由を探してしまうみゆりだった。

やがて、柔らかな光で照らし出された蔵が見えてくる。

「夜に見ると、むちゃくちゃロマンチックだね！」

「ゆきのセンスはさすがね。うるさすぎて神社の境内っていう調和を殺すことなく、かといって埋没することもなく。絶妙なバランスだわ」

「お金が貯まったら、ねこの湯の外観デザインとかお願いしちゃおうかな」

わりと真剣に悩む。

雰囲気で店に入りたくなる、という実例を見せつけられては、中身で勝負なんて意地を張ることもできないのだった。

樫材に取り替えられた扉を開く。

ちりんと鳴るドアベルの音まで、なんだか洗練された雰囲気だ。

「あ、いた」

そしてレブンエカシはすぐに判った。他に客がいないので間違いようもないのだが、そうでなかったとしてもものすごく目立つ。

「はじめましてだな。守り手」

入ってきたみゆりに気がつきスツールから立ち上がった男が、上目、ならぬ下目づかいにみゆりに挨拶する。

でっかい。

けっして小柄とはいえない倖人と比べても、身長で拳ひとつ分、胴回りでは四周りは上回っている。筋骨隆々《きんこつりゅうりゅう》なのが服の上からでもよく判る。

しかもおじいちゃんじゃない。野性的でハンサムな男性だ。みゆりが勝手に抱いていた『長老』のイメージとは全然違っていた。

クンネヌイの話では弱っているということだったけれど、そういう感じも受けなかった。やはり恵みの海である噴火湾を根城にしているというのが大きいのかもしれない。

森町にいるスマリ様も、イナンクルワほどには弱体化していなかったし。

「レブンエカシさんですね。立花みゆりです」

祭を男性にしたらこんな雰囲気かな、などと考えながら、みゆりが右手を差し出す。

「キタローの孫な。俺の名はポクナモシリエムシだ。エムシで良いぜ」

にやりと笑い、手を握り返す。

祖父の名前はキタローではなくスエタローであるが、べつにみゆりは訂正しなかった。漢字表記の季太郎は、たしかにキタローとも読めるから。

「会う気になってくれて良かったです」

そう言って、みゆりはポクナモシリエムシの左の椅子に腰かける。

「お節介だな。お前も」

も、と誰と同列にしたのか、みゆりは訊ねなかった。

訊かなくても、かつて祖父がポクナモシリエムシにお節介を焼いたのだろうと簡単に予測できたから。

「ほっときゃ俺は勝手に消える。去り際に人間どもを道連れにしたりもしねえよ。あやかしが一匹、消えようが消えまいが、お前らには関係ねえだろうに」

「そこで頷くなら、霊泉の守り手じゃないですね」

みゆりは答えた。

「あんまりみゅりを舐めない方が良いわよ。ちょっとでも縁のあったあやかしを見捨てるような真似は、絶対にしないから」

バッグの中からさくらがドヤ顔を見せる。

「血は争えないってか。どうせ断っても逃げても、しつこく絡みついてくるって判ってるからな」

だから話だけでもきくさ、と、肩をすくめるポクナモシリエムシ。

その仕種と表情に、むしろみゆりは説得の難しさを予感した。

「すごくストレートに訊いちゃいますけど、エムシさんは消えたいんですか？」

なので大上段から斬り込む。

搦《から》め手の通じる相手ではないだろうから。

消えたいと願っているなら、噴火湾から太平洋に乗り出せば良い。そうすれば海の神の加護も受けられなくなり、あっさり消滅するだろう。

それを選択しないのはなにか心残りがあるからではないか、と、みゆりは読んだ。

「俺はよ。キタローと杯を交わしたわけよ。生涯の友だって。友が死んだのに長らえるバカがいるかよ」

そんなの男じゃねえんだよ、と、かっこつけたことをいうポクナモシリエムシに、みゆりは半眼を向ける。

「普通にいますよ。なに言ってるんですか？」

友人が亡くなったから自分も死ぬ。そんな迷惑な友情なんか存在しない。

結局、生きるってことは自分以外の死を見続けること。たいして長くもない人生だけれども、みゆりは幾度か別れを体験してきた。

身を裂かれるような辛さだった。

「だけど、だからこそ生きなきゃいけないんじゃないですか？」

強い言葉。

大男が少しだけ気圧されたように両手を上げる。

「本当に気が強いよな。函館の女ってのは」

「褒められたと思っておく。それにエムシは、消えたいわけじゃないでしょ。消えてもいいやって思ってるだけで」

言葉を崩して語りかける。

鯨八頭を飲み込む大怪獣だけれども、もう迫力は感じなくなっていた。

なんだかもう自分より年下みたいに感じてしまう。

「同じことじゃねえか」

「全然違うよ。死にたいと、死んでも良い。まったく違うって」

一とゼロくらい違うと付け加える。

ポクナモシリエムシは消えたいわけじゃない。おそらくは無二の親友の祖父が亡くなったから、自分だけ生きているのが申し訳ないと思っているだけ。

そういうことなら話は難しくないな、とみゆりは考えをまとめていく。

消える理由よりも強い、生き続ける理由を提示してやれば良い。

そして、ここで切れるカードを、みゆりは持っている。

「クンネヌイがね。エムシを助けてくれってここに来たんだよ」

コシンプが脅迫まがいのことをしてまで助けを求めたのは、親愛からなのか、それとも男女の愛情なのかみゆりには判らないが、大切に思っているのだということは伝わった。

あやかしは助けを求めない、というルールを破り、自身の存在を賭け台に乗せてまで送ってきたメッセージだ。

伝えずに済ませるというわけにはいかない。

「助けてってそれは……」

「もちろん苦しがってたよ」

みゆりの言葉にポクナモシリエムシが息を呑んだ。

「エムシが消えたら、クンネヌイも悲しくて消えちゃうかもね」

「あいつ……こんなじじいのためになにやってんだよ……」

追い打ちをかけるように言ったみゆりの言葉に、小さな呟きとともに肩が落ちる。

「私はさ、エムシ。死んだ人がなにを考えているかなんて判らない。けど、おじいちゃんは友達が後追いして喜ぶような人じゃないってことくらいは知ってるよ。エムシは違うのかな？」

「……いや。俺だって同じだ」

噛みしめるように言う。

祖父がいなくなったことでポクナモシリエムシが消えたくなってしまったように、ポクナモシリエムシが消えたらクンネヌイも消えたくなってしまうかもしれない。

それはダメ、誰も救われない結末だと、やっと気づいてくれたようだ。

「だったら、消えるなんていうんじゃないよ。このほんずなし」

函館を含めた道南地方の言葉で、馬鹿たれ、というほどの意味だ。親が子供を叱りつけるときなどに使われる。

とびきり優しい笑顔で、とびきりの罵声を浴びせるみゆりだった。

「すまねえ……」

でかい体を縮こまらせてポクナモシリエムシが謝る。

本当に叱られた子供のようで、みゆりはくすりと笑ってしまった。

「クンネヌイに言って。でもどっちかって言うと、ごめんなさいよりありがとうの方が良いかもね」

「ああ……間違いなく言う……」

大男がたじたじだ。

「あと、私からもありがとう。エムシ」

突然言われた礼に、ポクナモシリエムシがきょとんとした。

「おじいちゃんとの友情を、こんなにも大切にしてくれて」

孫として、そして後を継いだ守り手としての感謝だ。

本当にありがたいと思うし、ちょっとうらやましくもある。愛されていたんだなぁ、と。

カウンターの中で空気と同化していた一流のバーテンダーが、ポクナモシリエムシの前にことりとグラスを置く。

「キャリフォルニアレモネード。カクテル言葉は『永遠の感謝』。おふたりの友情に、ささやかなプレゼントです」

決まりすぎたよ篠原くん、という顔でみゆりがちらりと見れば、倖人が照れくさそうに笑っていた。

「聴かせてくれない？　エムシ。おじいちゃんとの思い出とか」

「……そうだな」

ぐいっと一気に飲み干す。氷も、たぶん涙とかも一緒に。

「あいつと出会ったことで、俺が生きてきた六百年は無意味じゃなくなったんだよ」

みゆりはカウンターに両肘を突いて組んだ手に顎を乗せ、ポクナモシリエムシが語る思い出話を心地のよい音楽のように聴いていた。

◇

数日後、ねこの湯に手紙が届いた。

睡蓮《すいれん》が描かれた綺麗な封筒で、差出人は黒井焔《くろいほむら》とあったが、まったく知らない名前だ。

「誰だろう？」

「クンネヌイからね」

首をかしげるみゆりに、あっさりとさくらが応えた。

クンネが黒、ヌイは炎。黒い炎というほどの意味になるらしい。

「まんまだねぇ」

「どうせ便宜上名乗ってるだけなんだからなんでも良いと思うけど、こだわりがあるんでしょうね」

そういえばイナンクルワが名乗ってる『幸湖』も本名由来だったな、などと思いながら、みゆりは封を切る。

入っていたのは感謝を記した手紙と乗船券だった。

「あー、エムシがクンネヌイのところに行ったんだね。ちゃんと謝ってくれてお礼も言ってくれたって。よかった。これからはねこの湯に入りに行くってことも書いてある」

「ひとまずは一件落着というところかしら。そっちの紙はなに？」

「遊覧船のチケットと、御船印《ごせんいん》だね」

答えつつ、みゆりの頭にも疑問符が浮かんでいる。

もちろん感謝の印だというのは判るが、それと大沼公園の遊覧船というのが、なかなか等号で結ばれないのだ。

「遊びにいけってことなんでしょうね。なんでそれを選んだのかは謎だけど」

ふふっとさくらが笑う。

大沼公園というのはけっしてマイナーな観光地ではない。風光明媚《ふうこうめいび》な国定公園で、訪れる客も多い。大沼から秀峰駒ヶ岳を望む景色は、日本新三景に数えられる美しさだ。

にもかかわらず、みゆりは中学生の頃にバス遠足で行ったきり、もう十年も行っていない。これは地元民あるあるで、わざわざ観光地に出向かないのである。

「でもまあ、久しぶりに大沼も良いかも。次の休みにでも出かけようか。さくら」

「いいけど、ゆきは誘わないの？」

「くるかなぁ？」

たぶん断られるだろうと思いながら倖人と連絡を取るみゆりだったが、二つ返事で一緒に行くと言ってくれた。しかも車も出してくれるという。

「篠原くん、楽しみにしてるだって」

「まあそうでしょうね」

不思議そうなみゆりにちらっとだけ視線を向け、さくらがくあっと大あくびをした。

そして木曜日。みゆり、さくら、倖人の三人は、さっそく大沼公園へとやってきた。

函館新道と国道五号線を使って、三十分弱のドライブは、デートコースとしてもそう悪くない、などとどうでも良いことを考えるみゆりである。

「よし。お団子食べよう」

「船に乗りに来たんだよな？」

「それはそれ、これはこれ」

いっそ清々しいまでに言い切るみゆり。

大沼といえば団子が名物で、なんと明治時代から売っている。せっかくきたのに食べないでは帰れない。

しかも消費期限が作った当日までなので、その場で食べるのが一番美味しい。

ただ、串に刺さっているタイプではないため、歩きながら食べるというだらしないことをするのには向いていないのが玉に瑕《きず》だ。

「お船で食べるのはありかも」

「景色を楽しめよ……」

「両方楽しむのが正義」

きゃいきゃいと笑いさざめきながら向かうのは大沼遊船と書かれた建物で、ここ大沼で遊覧船事業を展開している会社である。

みゆりがもらったチケットも、この会社の遊覧船に乗るためのものだ。

「うわ……」

そして変な声を出してしまうみゆり。

なんとクンネヌイがチケット売り場の窓口に座っていた。

「きてくれたんだ。嬉しいよ。守り手さん」

初めて会ったときに比較したら、だいぶ険のとれた口調と表情だ。

「ちょっと、どこから突っ込んで良いのかわかんないんだけど、その制服はコスプレ的ななにかかな？　クンネヌイ」

大沼はコスプレイベントも盛んだというし。今日イベントやってるなんて話はきいてないけどね。などと、ちょっと現実逃避したことを考えてみる。

「コスプレじゃなくて、ここで働いてるんだよ」

「やっぱりか……そうでない期待を、ちょびっとだけ抱いたんだけどね……」

右手の親指と人差し指で、小さな隙間を表現するみゆりだった。

ともあれ、働くあやかし初登場である。あやかしに金銭は不要なため、働く必要というものは基本的に存在しない。

制服を着てチケットを売っているあやかしというのは、ちょっと新機軸すぎる。

「そんなにおかしいかな？　ねこの湯にもあやかしのスタッフがいるじゃない」

「言われてみればその通り！」

うかつというタイトルの銅像があればこんな感じだろうな、という表情で、みゆりは頷いた。

彼女自身があやかしや神の眷属と一緒に働いている。

べつにクンネヌイだけが特別なわけではなかった。

「けど、さっちんや祭は立花に協力するって目的があるけど、クンネヌイはなんの目的で？」

固まっているみゆりに代わって倖人が訊ねる。

「暇つぶしだよ。バーテンダーさん」

「それはうらやましい身分だな」

あやかしというのは長い長いときを生きるから、時間を持て余していろいろなことをするらしい。なかには退屈しのぎに人間を騙したり悪事を働いたりするのもいるという。

クンネヌイのように働くことが暇つぶしというのは、きっと上等な部類なのだろう、とみゆりはぼーっと考えていた。

「守り手さんのおかげで長老も救われた。本当にありがとう。それからバーテンダーさんにも迷惑をかけてごめんなさい」

そういって深々とクンネヌイが頭を下げ、みゆりは意識を目の前のクンネヌイに戻す。

「いいのいいの。お節介なのは性分だからね」

事実を四捨五入して言い、ぱたぱたとみゆりが手を振った。

あやかしを助けるのが霊泉の役割だとすれば、お礼なんかもらう方が恐縮してしまう、と。

「ああそれはスマリ様が」

「スマリ様？」

きょとんとする。この件に関する限りキツネ神のスマリ様は無関係のはず。

どうして名前が出たのか、みゆりには判らなかった。

「助けてもらったままにしておくと、あたしの存在が危うくなるから、謝礼を渡して取引という形に落ち着けた方が良いって」

「あ、そうか」

ぽんとみゆりが手をうつ。ポクナモシリエムシが改心してくれたことですっかり忘れていたが、クンネヌイが助けを求めたという事実は消えていない。

人間に取り憑いて殺してしまうというコシンプの伝承には、助けを求めるという要素がまったくないため、存在そのものにダメージを受けてしまう。

それを回避するために形を整える。チケットを送ってきたのはその一環だ。

「ちょっと後付けっぽいけど体裁は整うのか。さすがスマリ様、そつがないな」

感心したような呆れたような倖人をみて、みゆりもううむと腕を組んだ。

ちょっと詰めが甘かったな、と。

クンネヌイのダメージにまで考えが至らなかった。

「次に生かせば良いわ。みゅり」

バッグの中から、みゆりにだけやっと聞こえる声でさくらが言う。

少しだけ悔しそうなのは、スマリ様のしてやったりというドヤ顔でも想像しているのだろう。

「だね。次はもっと目を配ろう」

少しだけおかしくなり、みゆりは微笑した。

「じゃあいこうか。今日はあたしがガイドする」

そう言ってクンネヌイが席を立つ。

大沼の遊覧船というのは、ガイドの名調子が名物らしい。

「抱腹絶倒《ほうふくぜっとう》で、景色を見てられなくしてあげるから」

「いやいや。景色を楽しませてよ」

「団子を買って乗ろうとしていたやつのセリフとは思えないな」

わいのわいのと騒ぎながら遊覧船の乗り場へと向かう。

桟橋では、船尾に〝おおぬまⅡ〟と書かれた背の低い船が、駆動音を響かせながら待ち構えていた。

余録《よろく》があった。

大沼公園を訪れた観光客のうち、ごく一部ではあるがねこの湯を訪ねてくれるようになったのである。

大沼遊船の建物の中や遊覧船の中にねこの湯のポスターを貼ってくれたり、ガイドが少しだけ宣伝をしてくれるようになったから。

「白猫が番台にいるお風呂屋さん、か。さくらもすっかり宣材になったね」

「ハーブ湯、薪風呂、そしてさく。武器は多いほどいいのよ」

むふふと胸を反らすさくらに、目立ちたがりなんだからとみゆりが微笑する。

ほんの少しだけだが、客の入りが多くなった。

ただ観光客というのは常連にはならないし、あまりにも流しの客が増えすぎると常連が離れるという嫌な法則もあるから、必ずしも喜んでばかりもいられない。

「経営って、本当に難しいよね」

「それは仕方ないわね。簡単だったらつぶれる会社なんかないわよ」

「そりゃそうか」

ズルしてラクに儲けたいなら、じつはねこの湯には手段はいくらでもある。

一番簡単なのは、座敷童のたえの力を借りることだろうか。

そうしたらねこの湯はいつでも千客万来、みゆりはあくせく働く必要もなく、左うちわの生活ができるだろう。

「そして、まつりもさちも、みゆりは力を貸すに足る人物ではないと見限って出ていくわ。きっとね」

「それはちょっと……いや、かなり嫌かな」

「みゆりは、さくがいれば良いんじゃなかったかしら？」

さくらが笑い、みゆりはほろ苦い表情を浮かべる。

最初はたしかにそうだった。さくらをもう二度と失わないために銭湯を継いだ。

それがいつのまにか、道南に住むあやかしを助けたいという夢に変わっていった。

さくらだけが助かれば良いという話ではない、と。

「我ながらどんどん野望が膨らんでってるなあ。そのうち、北海道すべてのあやかしを助けるとか言い出しそう」

まだ、ねこの湯が黒字化したわけではない。

客が少ないという状況が解決したわけでもない。

危機的な状況は、いまもなお継続中なのに。

「でもまあ、お父さんとの約束まで、まだ十ヶ月も残ってるからね」

白い背中を撫でながらみゆりが言う。

「のんきね。そんなことを言っているうちに夏休みは残り少なくなって、宿題がたんまり残っていることを思い出すのよ」

「すぐお姉さん風を吹かすんだから。こんなに可愛いくせに」

「ちょっ！　さくは可愛いんじゃなくて麗しいんだって言ってるでしょ！　ああもう！　くすぐったいってば！」

猫パンチをしてやろうとするさくらだったが、みゆりのフィンガーテクニックに翻弄されてしまう。

「にゃあぁぁん」

嬌声《きょうせい》をあげたさくら。

「勝った！」

「隙あり！」

みゆりが勝利を確信して油断した瞬間に、ぴょんと跳び上がったさくらが、おでこに猫キックを決めた。

「あ痛ー！」

情けない声がロビーに響く。

こんなに騒いでも平気なのは、客が一人もいないから。

まったく笑い事ではない。

「でも、つらいよ苦しいよって嘆いても始まらないしね。なんとかするべって動けば、なんとかなるっしょ」

「本当にみゅりは図太いわね」

「良いあやかしになれる？」

「さくが保証してあげるわ」

みゆりが差し出した拳に、さくらが自分のそれをぶつける。

肉球だったので、こつんではなくふにっと。

開放した入口から入ってくる風が涼しさを増してきた。北海道の短い夏が足早に過ぎていく。

取材協力
『パーラーフタバヤ』函館市美原1丁目7－1 MEGAドンキホーテ函館店2階
『笑函館屋』函館市湯川町3丁目10－3
『はこだて柳屋』函館市万代町3－13（本店）
『ひこま豚』北海道茅部郡森町字赤井川139番地
道の駅『しかべ間歇泉公園』北海道茅部郡鹿部町字鹿部18番地1
『函館栄好堂書店』函館市本町32番15 函館丸井今井6階
『大沼合同遊船株式会社』北海道亀田郡七飯町大沼町1023－1

ロケーションハンティング
森町稲荷神社
北海道茅部郡森町字御幸町191番地

オリジナルノンアルコールカクテル協力
函館市青柳町電停前『喫茶フリーデン』

この作品に対する皆様のご意見・ご感想をお待ちしております。

おハガキ・お手紙は以下の宛先にお送りください。

【宛先】

〒150-6008 東京都渋谷区恵比寿4-20-3 恵比寿ｶﾞｰﾃﾞﾝﾌﾟﾚｲｽﾀﾜｰ8F
（株）アルファポリス　書籍感想係

メールフォームでのご意見・ご感想は右のＱＲコードから、
あるいは以下のワードで検索をかけてください。

アルファポリス　書籍の感想　検索

ご感想はこちらから

アルファポリス文庫

ねこの湯《ゆ》、営業中《えいぎょうちゅう》です！　函館《はこだて》あやかし銭湯物語《せんとうものがたり》

南野雪花（みなみの ゆきか）

2023年 12月 25日初版発行

編　集－飯野ひなた
編集長－倉持真理
発行者－梶本雄介
発行所－株式会社アルファポリス
〒150-6008 東京都渋谷区恵比寿4-20-3 恵比寿ｶﾞｰﾃﾞﾝﾌﾟﾚｲｽﾀﾜｰ8F
TEL 03-6277-1601（営業）　03-6277-1602（編集）
URL https://www.alphapolis.co.jp/
発売元－株式会社星雲社（共同出版社・流通責任出版社）
〒112-0005 東京都文京区水道1-3-30
TEL 03-3868-3275
装丁イラスト－細居美恵子
装丁デザイン－西村弘美
印刷－中央精版印刷株式会社

価格はカバーに表示されてあります。

落丁乱丁の場合はアルファポリスまでご連絡ください。

送料は小社負担でお取り替えします。


ISBN978-4-434-33091-9 C0193